【文學珍藏】

楚辭植物圖鑑

【寄情於山川草木

　　要是把兩千多年前的「君不行兮夷猶」(九歌・湘君)和今天的「千山你飄臨，萬水你曾遊，為什麼徬徨，為什麼留」(問白雲)一起欣賞，就能體會古代詩人和現代歌者的意態情懷。

　　要是把「后皇嘉樹，橘徠服兮」(九章・橘頌)裡的譬喻——天皇帝后孕出的美麗橘樹，根生南國，一如有才德的人(屈原自比)的志節專一，和一千年前蘇東坡說橘子是「香霧噀人驚半破，清泉流齒怯初嘗，吳姬三日手猶香」那種南國美女剝開橘子的神情相比，是全然不同的。如果說《楚辭》中的橘是抽象的，那麼東坡寫的橘便是具象的，如果前者說的是意態，那麼後者講的便是體態。

　　這樣的善用比喻其實是古人的含蓄，古人把山川草木來隱喻愛恨愁緒，是極有深度的表達感情的方式。現代人是不時興這樣的，現代人問白雲為什麼徬徨為什麼留，已被當成過份含蓄不知所指的表達方式了。所以現代人如果沒有一個導引，是很難融入古代詩人寫詩作賦的情境的。要想欣賞古典文學，先將詩人的感情所附託的山川草木，也就是詩歌裡的生命做一瀏覽，是絕對必要的。

　　可惜這樣的書不多見，因此我們總和經典之間隔著一層厚鞋底，總是讓「采薜荔兮水中」的註解是「薜荔——香草也」。千餘年來，我們竟也能讓它一直香著而不知其然。

　　廿一世紀了，欣然看見有這樣一本讓香草呈現它究竟是什麼模樣的《楚辭植物圖鑑》問世。作者讓蘭桂芙蓉重現，也讓《詩經》《楚辭》復活，那活生生的「被薜荔兮帶女蘿」是怎樣地「既含睇兮又宜笑」。潘富俊博士把他這些年深入探索植物世界的精神轉化成一頁頁感動世人的愛心，講起一篇篇大人小孩都喜愛的植物故事。這已不是他的第一回了，唐詩裡的植物故事他說過，《詩經》裡的植物故事他也說過，這一回講《楚辭》裡的植物了，其實他心裡想的，我猜，是讓大人小孩們一起來讀《楚辭》吧！

　　這個時代就有這樣的人，自己研究植物，學有專長，卻講著植物故事要大家去讀詩歌，他這樣以人文化育人心的愛心，深深的感動了我。

國立台灣師範大學生物系教授兼系主任

【再現文學場景

　　中國文學史上，《楚辭》的確是一朵奇葩。這緣自於楚國自有其血統、語言、宗教、風俗習慣，自成一文化體系。春秋時期，楚莊王自稱「王」，又曾「問鼎中原」，顯然他想與周天子平起平坐，不願屈居諸侯之列。戰國時期，屈原出身於楚國貴族，雖遭小人陷害，仍不願離開故土，可以說他是位「狹隘的國家主義者」。楚國人有自己的愛國意識，自家的浪漫情懷，如此特殊背景下，「書楚語，作楚聲，紀楚地，名楚物」的《楚辭》作品於焉產生。

　　一方面來自於楚國得天獨厚的自然環境，一方面來自於楚地特有的民俗信仰，自屈原以來，《楚辭》作者就喜歡吟諷山川，歌詠美人、香草，形成特殊的南方文學作品，也是愛幻想的浪漫主義文學作品。這造成我們驚訝於南方景物的變化多端，也對詩人借物託喻的寫作技巧佩服不已。漢朝已還，隨著國土統一，疆域開拓，文人遂將位在長江流域的楚地景物，大量書寫至作品中。

　　楚地幅員遼闊，物產豐富，若能「多識草木之名」，閱讀《楚辭》更能得心應手。在中國文學傳統中，始終存在著一種對前代文學作品的套用、用典，乃至脫胎換骨的寫作手法，誠如劉勰《文心雕龍》所說：「才高者菀其鴻裁，中巧者獵其豔辭，吟諷者銜其山川，童蒙者拾其香草，其衣被辭人，非一代也。」即使「獵其豔辭」、「拾其香草」入文，也確實可光大文章的篇幅。例如蘇軾〈赤壁賦〉所云：「桂棹兮蘭槳，擊空明兮溯流光」，其文句即出自〈九歌‧湘君〉的「桂櫂兮蘭枻，斲冰兮積雪」由此可見《楚辭》影響後世，極為深遠。

　　潘富俊教授《楚辭植物圖鑑》的問世，不僅可以增進讀者對《楚辭》的理解，也可以引導讀者觀賞江南景物，提升讀者對南方文學的認知。我們期待讀者善用這本書，讓中國傳統文學的光輝，再現光華。

王基倫

國立台灣師範大學國文系教授

【楚辭植物與詩人的內心世界

　　《詩經植物圖鑑》出版後，受到讀者廣大的回響，反應之熱烈，出乎作者意料。文學與自然科學本屬不同領域，但古人多識「鳥獸草木之名」，文學作品中常藉草木特性以寄諷時事或賦志抒情，因此兩個不同領域之間就有了交集，這也是作者當初以「植物觀點註解文學」的初衷。本以為如此冷僻的書，可能會淹沒在浩瀚書海中而乏人問津，沒想到讀者卻紛紛催促作者再接再厲出版《楚辭植物圖鑑》，以補足南北兩大代表文學的研究。除此之外，繼《詩經植物圖鑑》、《唐詩植物圖鑑》與這本《楚辭植物圖鑑》之後，在這一系列的「文學珍藏」中，未來還將陸續出版紅樓夢、章回小說和詩詞歌賦等相關的植物圖鑑，以期帶動古代經典文學的研究風氣。

　　《楚辭》和《詩經》都是中國文學的鼻祖。《楚辭》中，寄寓言志的植物特別多，並可約略區分為香草（木）、惡草（木）兩大類別。詩人以香木、香草比喻忠貞、賢良，而以惡木、惡草數落奸佞小人，這是《楚辭》植物的最大特色。至於，什麼植物是「香」、哪種植物是「惡」？當然與植物的特性有關。一般說來，植物體全部或某些器官，如花、葉、果帶有香氣的植物，都是《楚辭》引喻的香木或香草。不過也有些歸為香草或香木的植物，如甘棠、女貞、薜荔等，植株並無特殊香氣；相同的，在所謂的惡木、惡草中有些也並非一無用處，這些疑點本書都特別一一指出並提出解釋。深入瞭解《楚辭》植物的形態、生態特性，詩人背後引喻的真正意涵才能得到彰顯，而讀者在「覽其昌辭」之外，也才能領悟古人「竭忠盡節」的憂慮之情。

　　本書大部分照片的拍攝，獲得許多植物界朋友的協助，包括北京植物園、杭州植物園、廣州的華南植物園、湖北省的武漢植物園、廈門植物園、南寧的廣西藥用植物園等植物園負責人及工作同仁，以及蘇州西園寺的朋友，在此謹致以最誠摯的謝意。特別要感謝中科院北京植物園傅德志副所長的鼓勵，在照片的取得上大力幫忙，使得本書能夠順利完成。

　　再次強調，本書的出版，主要目的還是希望能在古典文學與植物科學間鑿開一條雙向溝通的管道。希望讀者在吟誦詩歌曲賦的同時，也能夠領會古人思慮馳騁的「現場」，進而感受文學作品中延綿不斷的生命力。

潘富俊

林業試驗所　森林生物系研究員兼系主任

前言

　　楚國的根據地在現今的湖北省西部，後來往東方及北方發展，到達今日之長江、淮河流域一帶，亦即楚人的活動範圍和《楚辭》產生的背景地區，有別於《詩經》產生的黃河流域。由於發展地的不同，《詩經》與《楚辭》也就成為中國南北文學的兩大代表。

　　不同於《詩經》的庶民作品，《楚辭》中各篇章幾乎全出自作家之手。除奠基者屈原之外，《楚辭》作者群還包括宋玉、淮南王、賈誼、東方朔、莊忌、王褒、劉向、王逸等人。其中確定為屈原作品的有〈離騷〉、〈九歌〉、〈天問〉、〈九章〉、〈遠遊〉、〈招魂〉諸篇。《楚辭》首先由西漢中葉的大學者劉向校訂王宮的藏書，編輯屈原等人的作品成為專書，年代約在西晉紀元前後，當時收錄的篇章有〈離騷〉、〈九歌〉、〈天問〉、〈九章〉、〈遠遊〉、〈卜居〉、〈漁父〉、〈九辯〉、〈招魂〉、〈大招〉、〈惜誓〉、〈弔屈原〉、〈鵬鳥〉、〈招隱士〉、〈七諫〉、〈哀時命〉、〈九懷〉、〈九歎〉、〈九思〉等。不管是否為屈原作品或是西漢作家的模彷之作，各篇章寫成的年代均已超過兩千年。

　　至於「楚辭」之意為何，向來有多種意見：有人認為作者屈原為楚國人，因此而得名，如《隋書》〈經籍志〉序云：「楚辭者，屈原之所作也；蓋以原楚人也，謂之楚辭。」但如上述，《楚辭》並非一人作品，《楚辭》各篇章的作者之中，只有屈原、宋玉為楚人，其他作者如東方朔是山東人、王褒是四川人、賈誼是洛陽人、莊忌為浙江人。由此可見，《楚辭》並非全是「楚人的作品」。所以《楚辭》應該是指詩人以楚國地區特有的音律、動植物、詞彙寫成的文學作品，即宋代黃伯思所言「書楚語、作楚聲、紀楚地、名楚物」，用以發抒文人情感，寄寓心情的一種特殊的文學體裁。

　　《楚辭》對後世文學的影響絕不下於《詩經》。從漢代以降，至於魏晉南北朝、隋、唐、宋、元、明、清以迄於今，歷代文人皆從《楚辭》中擷取精華，受益匪淺。不管是漢賦、駢文、七言詩，或是其他類型的文學作品，其形式與內涵無不受到《詩經》和《楚辭》的影響。一如《詩經》，《楚辭》所提及的植物名稱，大都與近代名稱不同，常造成研讀上的困擾。考證並瞭解《楚辭》中近百種植物的真正「身分」，對於貼近感受詩人的真實情感絕對有其重要性。

【目次

註：前爲植物古名，括號內爲今名。

緒論・8

楚辭植物分類　8

楚辭植物的特色　10

楚辭植物和詩經植物的比較　12

如何使用本書・14

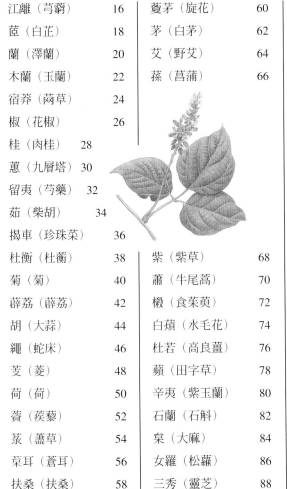

【楚辭植物分類

用楚國方言獨特的語言形式而寫成的《楚辭》，富有濃厚的地方色彩與風情。這種有別於《詩經》體裁的新詩體，楚地、楚物形象鮮明，描寫的山川景物與風土人情均有別於《詩經》所見。其中提及的植物共有百種（類），依詩文內容判斷其代表的含意及用途，可約略區分為以下四大類：

香草香木類

王逸《楚辭章句》〈離騷序〉有言：「離騷之文，依詩取興，引類譬喻，故善鳥香草，以配忠貞；惡禽臭物，以比讒佞……。」《楚辭》的香草、香木共三十四種。其中香草有廿二種，包括江離（芎藭）、白芷、澤蘭、蕙（九層塔）、茹（柴胡）、留夷（芍藥）、揭車（珍珠菜）、杜蘅、菊、杜若（高良薑）、胡（大蒜）、蘺（蛇床）、蓀（菖蒲）、蘋（田字草）、蘘荷、石蘭（石斛）、枲（大麻）、三秀（靈芝）、藁本、芭（芭蕉）、射干及撚支（紅花）等，均為一年生至多年生草本，大部分種類的植物體全部或花、果等部分具有特殊香氣。

香木有木蘭、椒（花椒）、桂（肉桂）、薜荔、樧（食茱萸）、橘、柚、桂花、楨（女貞）、甘棠（杜梨）、竹及柏等十二種，有些為木質藤本，有些則為灌木及喬木，植物體至少某些部位有香氣。

惡草惡木類

《楚辭》以臭草惡木比喻讒佞小人，這些植物不是枝幹或植物體某部分具刺，就是屬於到處蔓生的雜草、野藤，或味道苦辣者。惡草部分有薋（蒺藜）、菉（藎草）、葈耳（蒼耳）、薠藥（竊衣）、蕭（艾屬植物）、馬蘭、葛（葛藤）、蓬（飛蓬）、澤瀉、菽（野豆）等十一種，其中蒺藜、蒼

耳、竊衣都是果實具刺的種類；薔草、野艾、馬蘭、飛蓬則屬於到處蔓生、妨礙作物生長的常見雜草；葛和野豆為蔓藤類。

惡木有棘（酸棗）、苦桃、荊（黃荊）、葛藟、枳（枳殼）五種，其中酸棗和枳殼全株具刺；苦桃果實苦澀，黃荊到處可見，葛藟則為木質藤本。

此外，還有數種植物非惡草惡木，但因《楚辭》作者用來反襯美好正直的事物，因此帶有負面意義，這些植物有菎蕗（箭竹）、款冬、藜以及藿（豆）四種。

寫景、寫物的植物

《楚辭》中用於寫景寄寓心情的植物，包括蘋草（水毛花）、宿莽（茵草）、菅（芒草）、青莎（莎草）等。前二者為水生植物，在華中、華南的水澤地常呈大面積生長；後二者為旱生植物，經常見於平野及山坡地。《楚辭》以此類植物寫景，如〈招隱士〉：「青莎雜樹兮

蘋草靃靡」，用青莎和雜樹描寫陸地上的景色，以蘋草描寫水景。

以物喻情的植物則有女蘿（松蘿）、水藻及荷等。《詩經》以降，詩詞歌賦常以松蘿起興或比擬，〈九歌·山鬼〉：「被薜荔兮帶女蘿」句，以山神（山鬼）身披松蘿的造型來凸顯其飄忽不定的形象；此外，〈離騷〉：「製芰荷以為衣兮」句，則用荷花來自喻品德之高潔，也是以物喻情的例子。

經濟植物

《楚辭》植物中，包括許多春秋戰國時代日常使用的經濟植物，其中作為用材的樹木類有：柏、梧桐、梓、楓、竹、樿（刺葉桂櫻）、楊及榆等；果樹類有：栗（板栗）、榛；糧食（穀類）作物有：黍、黃粱、稻、麥、菰（茭白）；特用植物類有：桑、蒲（香蒲）、芰（菱）、柘（甘蔗）、匏瓜、紫（紫草）；野菜類有：薇（野豌豆）、萹蓄、茶（苦

菜）、薺菜、蔞蒿、水蓼、冬葵、藜、蔓茅（旋花）、堇（石龍芮）等。〈離騷〉植物種類雖多，但經濟植物卻不多，只集中在〈天問〉、〈招魂〉及〈七諫〉等少數篇章中。

【楚辭植物的特色

所謂《楚辭》者，按其字面意義解釋就是楚人的歌辭，因此各篇所述植物均為楚地所見所聞，涵蓋地區在長江、淮河流域一帶。由於詩人慣用比興手法，藉楚地事物以抒情陳志或傷己憂時，因此《楚辭》植物大都有相當濃厚的隱喻意味。

以植物比喻忠奸

《楚辭》提及的百種植物中，超過半數可約略區分為兩大類：香草香木類與惡草惡木類。前者共有三十四種，占全數植物的三分之一強；惡草惡木類有二十種。由於《楚辭》以植物隱喻忠貞或奸佞，左右了後世文人對這些植物的看法，也開啟了後起文學作品以植物擬喻心情的寫作手法，影響後世文學至鉅。宋人辛棄疾的〈沁園春〉：「秋菊堪餐，春蘭可佩」，即典出〈離騷〉「夕餐秋菊之落英」和同篇之「紉秋菊以為佩」；范成大的〈南柯子〉：「悵望梅花驛，凝情杜若洲」，以及章孝祥的〈水調歌頭〉：「回首叫虞舜，杜若滿芳洲」等，則出自〈九歌・湘君〉的「采芳舟兮杜若」和〈九歌・湘夫人〉的「搴汀洲兮杜若」。

極少詠頌糧食作物

楚國所在地主要是長江流域，土壤肥沃、物產豐饒，這種客觀因素不僅反映在《楚辭》穠豔的文采中，由於食物不虞匱乏，《楚辭》中也鮮少出現詠頌經濟植物或糧食植物的篇章。各篇章中出現次數最多者大多為香草、香木這類隱喻性的植物，經濟植物反而零星散布在某些篇章的文句中。

《楚辭》中，提及植物種類較多的篇章有〈離騷〉、〈九歌〉、〈九章〉、〈七諫〉、〈九歎〉及〈九思〉等篇，各篇出現二十一至三十二種植物（見附錄表

一）。而在《楚辭》的百種植物中，出現次數最多者爲芷（白芷）及蘭（澤蘭）。白芷自古即爲重要藥材，全株具香味，全書共有九篇十五章二十六句提到白芷；澤蘭爲有名的香草，可供作香料及辟邪，《楚辭》共有八篇十五章二十六句提到澤蘭。其他出現次數較多的植物尚有蕙（九層塔）、江離（芎藭）、桂樹、花椒、肉桂、荷花、杜若（高良薑）、蓀（菖蒲）、杜蘅、薜荔、辛夷（木筆）、棘（酸棗）、木蘭及飛蓬等（見附錄表二），由此可以見出其中多數爲香草或香木。

不同於《楚辭》，《詩經》所處的黃河流域和黃土高原，則因「土厚水深」，糧食生產不易，民風多尚實際，對影響民生甚鉅、庶民賴以生存的糧食作物及經濟植物多所著墨。所以《詩經》各篇章中大量出現黍、麥、小米、稻等糧食作物，以及桑、棗、葛藤、瓜類、大豆、大麻等經濟植物。

出現甘蔗的最早文獻

甘蔗原產於熱帶，包括華南地區。《詩經》提到的一百三十五種植物中並無甘蔗。中國最早出現甘蔗的文獻爲《楚辭》〈招魂〉：「胹鱉炮羔，有柘漿些」，「柘」即今之甘蔗。由此可知，春秋戰國時代楚地已經種有甘蔗，而且已榨汁爲飲料。

甘蔗原是熱帶植物，位處亞熱帶至溫帶的華中地區原本不是其天然分布地區。不過春秋戰國時代，先民可能早已從天然的甘蔗群中，選育耐寒的單株栽植，將甘蔗的生育環境成功地往北推延到華中地區。由文獻可以斷定，至少在春秋戰國時代的楚地，已經有局部地區栽培甘蔗。迄至漢代，司馬相如的〈子虛賦〉中提到當時雲夢大澤的產物包括「諸柘巴且」，「諸柘」即甘蔗。由此更能肯定漢代時楚地雲夢大澤確實已種有甘蔗。

【楚辭植物和詩經植物的比較

植物區系和種類的不同

《楚辭》提及的植物以華中，特別是長江中游地區的植物為主。全書共計一百種，除經濟植物外，其他植物大部分是當地常見或具有特殊用途者。《詩經》中的植物則以華北地區的黃河流域為主，也有分布遍及全中國的植物，全書出現的植物共計一百三十五種（類）。

一如《詩經》，《楚辭》提及的植物也有全中國廣泛分布的種類，例如白茅、澤蘭、荷、麻、松、薺菜等。但由於《楚辭》產生的背景在華中，因此有許多植物僅產於華中地區，有些則延伸分布到華南。這類華中、華南特有的植物共有二十七種，占《楚辭》植物的四分之一強，包括江離或蘼蕪（芎藭）、木蘭、扶桑、菌桂（肉桂）、衡（杜衡）、宿莽（莪草）、薜荔、杜若（高良薑）、椒（食茱萸）、三秀或芝（靈芝）、石蘭（石斛）、辛夷（紫玉蘭）、桂花、芭（芭蕉）、橘、柘（甘蔗）、

楓、芙蓉（荷）、屏風（蓴菜）、菰（茭白）、柚、楨（女貞）、射干、檀（刺葉桂櫻）、菎蔏（箭竹）、榛（華榛）等二十六種原產的植物；以及一種由外國引進，春秋戰國時代僅在華中、華南栽植的蕙（九層塔）。

在上述特產於華中及華南地區的植物群中，《詩經》提到的僅有一種，即〈魯頌・泮水〉「思樂泮水，薄采其茆」中的「茆」，今名蓴菜。本植物原產於華中、華南，自古即為著名蔬菜。一如水稻，蓴菜大概在周代以前即傳布到華北。

經濟植物大多雷同

《楚辭》提及的經濟植物共有三十四種，大部分種類在《詩經》中都曾出現，特別是分布於全中國的特用樹種及建材樹種，例如桑、板栗、柏、楊、榆、梧桐及梓樹等。至於穀類作物黍、小米、稻、麥等都是春秋戰國時代長江流域及黃河流域經常栽植的作物。《楚辭》及

《詩經》中同時都有的野菜種類也不在少數，包括薇（野豌豆）、荼（苦菜）、薺菜等十二種。

《楚辭》的經濟植物只有六種是《詩經》未曾提及的，包括樹木類的楓及檀（刺葉桂櫻）、水生植物菱、五穀類的菰（茭白）、紫草及柘（甘蔗）。其中茭白僅產於華中及華南，值得注意的是，《楚辭》時代茭白栽種的目的是採收種子（穎果）供作飯食，與現今採收茭白筍供食不同。菱雖然在《周禮》中已作為供祭食品，但《詩經》也未曾記載。

不脫詩經之影響

《楚辭》是繼《詩經》之後出現的詩歌集，其產生的背景、內容形式及文辭風格，雖然和《詩經》有許多相異處，但文史學家都承認，《楚辭》還是不免受到《詩經》的影響。

《楚辭》中所引用的譬喻意象，不少是沿襲自《詩經》的特色，這點可以從歷史背景和文字形式（例如《詩經》中廣泛使用的比興手法，以及對偶句的運用）看到一脈相承的痕跡，從特定植物所用以表達的意念或特殊含意也可得到驗證。茲舉下列植物為例：

甘棠（杜梨）：〈九歎・思古〉：「甘棠枯於豐草兮，藜棘樹於中庭」，詩人以甘棠為香木，無疑源自《詩經》〈召南・甘棠〉篇：「蔽芾甘棠，勿翦勿伐，召伯所茇。蔽芾甘棠，勿翦勿敗，召伯所憩。蔽芾甘棠，勿翦勿拜，召伯所說。」召伯為周宣王大臣，周人懷念其治績，因此細心保護其住處甘棠以為報答。《楚辭》據此典故，視甘棠為香木。

椒（花椒）：《詩經》〈周頌・載芟〉：「有椒其馨，胡考之寧」，意思是「花椒的香味，使老人安享生活」。因此《楚辭》也以花椒為香木，在〈離騷〉、〈九章〉、〈九諫〉、〈九歎〉及〈九思〉等十個篇章中均有提及。

蒺（蒺藜）：蒺藜在《詩經》中稱為「茨」，如〈鄘風・牆有茨〉：「牆有茨，不可埽也……」。蒺藜在荒地到處蔓生，繁生的具刺果實經常刺痛行人腳踝，令人欲除之而後快，周人遂用以諷刺宮闈穢亂。《楚辭》作者也視蒺藜為惡草，用以暗喻小人當政，如〈離騷〉之「薋菉葹以盈室兮」、〈七諫・怨思〉之「江離棄於窮巷兮，蒺藜蔓乎東廂」及〈九歎・思古〉之「藜棘樹於中庭」。

堇（石龍芮）：石龍芮是一種又苦又辣的野菜，《詩經》〈大雅・綿〉：「周原膴膴，堇荼如飴」，以荼（苦菜）和石龍芮這兩種不易入口的野菜來強調「甘之如飴」的心情。《楚辭》〈九思・傷時〉之「堇荼茂兮扶疏」句，也是「堇」「荼」並用，以兩者的苦味來反襯杜蘅和白芷等香草。

【如何使用本書

歷代研究《楚辭》植物的著作大都依據宋代吳仁傑《離騷草木疏》的考證結果，其所錄植物並不限於〈離騷〉篇，還包括〈九歌〉、〈九章〉、〈招魂〉、〈大招〉等屈原所著的各篇章。全書共有四卷，考釋五十九種植物名稱，對於解讀《楚辭》植物貢獻很大。以現代研究文學植物的觀點來看，《離騷草木疏》的考證大部分正確無誤。

《楚辭》於西漢中葉首先由劉向編輯成書，共分十六卷，屈原作品有七卷廿五篇：〈離騷〉一篇、〈九歌〉十一篇、〈九章〉九篇、〈遠遊〉一篇、〈卜居〉一篇、〈漁父〉一篇。另外九卷部分篇章的作者眾說紛紜，姑從王逸古訓，包括：〈九辯〉（宋玉作）、〈招魂〉（宋玉作）、〈大招〉（屈原或景差作）、〈惜誓〉（傳為賈誼作）、〈招隱士〉（淮南小山作）、

主題植物特寫

標題
標題均採用《楚辭》所錄古名，今名則列於標題右下方。同一植物稱法若有不同者，則以「古又名」方式另外標出其他名稱。

詩篇引文
節錄之引文均按王逸《楚辭章句》篇章順序選用。主題植物特別圈選，以利檢索。非屈原所著篇章者，於篇名後加「＊」註明。

註解
凡文意艱澀或難字均加註解及標音，方便讀者閱讀。各單字之標音，採用「漢字直音」（同音異字）方式，用以標音之單字均無一字多音的情形。

另見
其他篇章亦見主題植物者，均列於此，並節錄相關詩句、圈選該植物，以便讀者參閱。

26　楚辭植物圖鑑

【椒

古又名：申椒
今名：花椒

瑤席兮玉瑱，盍將把兮瓊芳。
蕙肴蒸兮蘭藉，奠桂酒兮椒漿。
揚枹兮拊鼓，疏緩節兮安歌，陳竽瑟兮浩倡。

—— 節錄〈九歌・東皇太一〉

【註解】1.瑱：音振，用以鎮席之美玉。
　　　　2.盍：何不。
　　　　3.把：持也。
　　　　4.肴：音義通膰，帶骨的肉。
　　　　5.藉：以襯草墊底。
　　　　6.枹：音包，鼓槌。
　　　　7.拊：音府，敲擊。
　　　　8.竽：音蝓，古樂器，形似笙而略大。
　　　　9.浩倡：浩音大也；倡，音義同唱。

【另見】〈離騷〉：雜申椒與菌桂兮，豈維紉夫蕙茝？／蘇糞壤以充幃兮，謂申椒其不芳。
　　　　巫咸將夕降兮，懷椒糈而要之。／欲從靈氛之吉占兮，心猶豫而狐疑。
　　　　覽椒蘭其若茲兮，又況揭車與江離。
　　　　〈九歌・湘夫人〉：蓀壁兮紫壇，播芳椒兮成堂。
　　　　〈九章・惜誦〉：壔木蘭以矯蕙兮，糳申椒以為糧。
　　　　〈七諫・自悲〉：惟佳人之慾慕兮，折芳椒相柈橑。
　　　　〈九歎・逢紛〉：椒桂羅以顛覆兮，有竭信而歸誠。
　　　　〈九歎・惜賢〉：握申椒與桂杪兮，冠浮雲之峨峨。
　　　　〈九歎・愍命〉：懷椒聊之蕊蕊兮，乃逾於扶桑也。
　　　　〈九思・疾世〉：椒瑛兮湟汙，葉蔚兮蒼蒼。

〈七諫〉（東方朔作）、〈哀時命〉（莊忌作）、〈九懷〉（王褒作）以及〈九歎〉（劉向作）。流傳至今的版本則再加上王逸所作的〈九思〉一篇。本書引文即節錄自王逸的《楚辭章句》。

本書編排上，每類《楚辭》植物都以跨頁篇幅介紹，並分為三大部分：《楚辭》引文、植物小檔案與說明主文（參見下面樣張）。《楚辭》引文係按《楚辭章句》篇章順序節錄，該種植物出現的其他篇章則羅列於[另見]之下。若不同植物但引文部分相同者，則節錄另段文章或他篇。

植物小檔案則以介紹各主題植物的形態、性狀及分布地區為主。

第三部分的說明主文深入介紹引文之主題植物的特性、歷來註解者的異同意見，並旁徵博引其他文學著作、詩詞、植物誌及藥書以為佐證。

椒　27

【檔案】
Zanthoxylum bungeanum Maxim
芸香科

落葉小喬木。小枝上有刺，莖幹上之刺則早落。羽狀複葉，互生，小葉5-13，葉軸常有狹窄之葉翼；小葉對生，無柄，卵形至披針形，長2-7公分，寬1-3公分，葉緣有鋸齒，齒縫有油點，葉片下散布油點。圓錐花序頂生，花瓣片6-8，黃綠色，萼片5-8，果綠紅色，果瓣徑0.4-0.5公分。散生油點，先端有短芒。分布福建北起黃河，南至華南，西至西藏東南部。

植物小檔案
詳細介紹主題植物的形態、性狀以及分布地區。

花椒全株均具香味，果實至今仍是重要的食品調味料，《楚辭》取之為香木。其他古籍也不乏花椒的記載，如《詩經》〈陳風〉「貽我握椒」和〈周頌〉「有椒其馨」；《山海經》：「琴鼓之山，其木多椒」；《淮南子》：「申椒杜茝，美人之所懷服也」等。

花椒種子在古代也經常用於泡酒，除具特殊香味外，也有辟邪祛毒的作用，如《四月民令》所言：「正月之旦，進酒降神畢，室家無（論）大小，次坐先祖之前，子孫各上椒酒於其家長，稱『舉白』。」椒葉也具辛辣味，「蜀人作茶、吳人作茗」，均以椒葉合煮茶葉，以提取香味。

花椒植株每每結實纍纍，子多而香，極易繁衍，古人多用以比喻子孫滿堂。《爾雅》就提到：「椒實多而香，故唐詩以椒聊喻曲沃之蕃衍盛大。」漢代椒皇后為「椒房」，亦取「蔓延盈升」的吉兆。皇宮內常用椒實塗屋，係因椒實味辣，用以塗屋有滿室溫暖之意，如長樂宮內即有椒房殿。

右上：花椒全株具刺，種子及葉片均有特殊香味，「蜀人作茶、吳人作茗」以椒葉合煮茶葉。
左下：花呈圓錐花序掉列，花瓣小，萼綠色。

說明主文
闡述主題植物的特色、用途（例如供作菜蔬、藥材及建材），若為《楚辭》所列之香木或惡木，則進一步剖析其原因。此外，尚援引其他文學作品及藥書以為印證。

圖說
插圖均有說明，或取特殊的植物細部，或選用開花、結果彩圖，或另附其他變種、相似種及另解植物圖片，使讀者能圖文對照，一目瞭然。

主圖
精心選用的主圖經過特殊手法處理，以表現《楚辭》特有的華美文采、豐富的想像以及詩人浪漫的情懷。

【江離

古又名：蘼蕪[1]；
　　　　蘪[2]蕪；芎
今名：芎藭[3]；川芎

紛[4]吾既有此內美兮，又重[5]之以脩能[6]。

扈[7]江離與辟芷兮，紉[8]秋蘭以為佩。

汨[9]余若將不及兮，恐年歲之不吾與。

朝搴[10]阰[11]之木蘭兮，夕攬[12]洲之宿莽。

————節錄〈離騷〉

【註解】1.蘼蕪：音迷無。
　　　　2.蘪：音迷。
　　　　3.芎藭：音兄窮。
　　　　4.紛：盛多貌。
　　　　5.重：音蟲，加上。
　　　　6.脩能：優秀突出之才能。
　　　　7.扈：楚方言，猶言被也，被通披。
　　　　8.紉：連結。
　　　　9.汨：音古，水流疾速貌。
　　　　10.搴：音牽，摘取。
　　　　11.阰：音皮，坡地。
　　　　12.攬：摘取。

【另見】〈離騷〉：覽椒蘭其若茲兮，又況揭車與江離。
　　　　〈九歌·少司命〉：秋蘭兮蘼蕪，羅生兮堂下。
　　　　〈九章·惜誦〉：播江離與滋菊兮，願春日以為糗芳。
　　　　〈七諫·怨思〉：江離棄於窮巷兮，蒺藜蔓乎東廂。
　　　　〈九懷·尊嘉〉：江離兮遺捐，辛夷兮擠臧。
　　　　〈九歎·怨思〉：菀蘼蕪與菌若兮，漸藁本於洿瀆。
　　　　〈九歎·惜賢〉：懷芳香而挾蕙兮，佩江離之斐斐。
　　　　〈九歎·愍命〉：芞芎棄於澤洲兮，瓟蠡蠹於筐簏。

【植物小檔案】
學名：*Ligusticum chuanxiong*
　　　Hort
科別：繖形花科

多年生草本，高50公分。根莖呈不規則團塊，有明顯的結節狀，莖常叢生，上部分枝，基部膨大成盤狀。葉為二至三回羽狀複葉，小葉3-5對，邊緣不規則羽狀全裂；葉柄長9-16公分，基部成鞘狀。複繖形花序，有短柔毛，頂生：花白色。離果卵形，背稜中有油管3個。分布於四川、雲南，多為栽培者。

繖形花科的植物大都具有特殊香味，例如常見的蔬菜類：芹菜、香菜及當歸等。芎藭植物體含芳香的揮發油、生物鹼以及多種酚類，自古即為重要的香料植物，「其葉香，或蒔於園庭，則芬馨滿徑。」

古人在農曆四、五月間發苗時，採葉煮羹或製成飲品，即宋代宋祁〈川芎贊〉所云：「柔葉美根多不殞零，采而掇之，可糝於羹。」《楚辭》中則列為香草，用以比喻君子。

芎藭的產地很多，其中最有名且藥效最好者產於四川，故又稱「川芎」。其古名稱法各異，有江離、蘪蕪、蘼蕪、芎等，例如古詩：「上山采蘼蕪，下山逢故夫」。

芎藭除食用外，古人也常隨身佩帶，「蘼蕪香草，可藏衣中」，曹操（魏武帝）就常將芎藭藏在衣袖中。此外，芎藭也是重要藥材，《神農本草經》中列為上品，《本草綱目》云：「人頭芎窮藭高，天之象也，此藥上行專治頭腦諸疾，固有窮藭之名。」其根研磨成粉末，可「煎湯沐浴」。

左上：芎藭植物體含芳香的揮發油，自古即為重要的香料植物。
右下：古詩「上山采蘼蕪，下山逢故夫」中的蘼蕪也是芎藭。

【茝₁

古又名：芷；藥；蘺₂；白芷；莞
今名：白芷

昔三后₃之純粹₄兮，固眾芳₅之所在。

雜申椒與菌桂兮，豈維紉₆夫蕙茝。

————節錄〈離騷〉

【註解】1.茝：讀爲柴之第三聲。
　　　　2.蘺：音消。
　　　　3.三后：謂禹、湯、文王三君。
　　　　4.純粹：純本指淨絲，粹本指精米，結合二者以喻三王德行完美無缺。
　　　　5.眾芳：比喻眾多的賢臣。
　　　　6.紉：連結。

【另見】〈離騷〉：扈江離與辟芷兮，紉秋蘭以為佩。／畦留夷與揭車兮，雜杜衡與芳芷。
　　　　　　　　　矯木根以結茝兮，貫薜荔之落蕊。／既替余以蕙纕兮，又申之以攬茝。
　　　　　　　　　蘭芷變而不芳兮，荃蕙化而為茅。
　　　　〈九歌・湘夫人〉：沅有茝兮醴有蘭，思公子兮未敢言。
　　　　　　　　　　　　　桂棟兮蘭橑，辛夷楣兮藥房。／芷葺兮荷屋，繚之兮杜衡。
　　　　〈九章・思美人〉：矯大薄之芳茝兮，攀長洲之宿莽。
　　　　〈九章・悲回風〉：故荼薺不同畝兮，蘭茝幽而獨芳。
　　　　〈招魂〉：葉蘋齊葉兮白芷生。
　　　　〈大招〉：茝蘭桂樹，鬱彌路只。
　　　　〈七諫・沉江〉：明法令而修理兮，蘭芷幽而有芳。／聯蕙芷以為佩兮，過鮑肆而失香。
　　　　〈七諫・怨世〉：棄捐藥芷與杜衡兮，余奈世之不知芳何。
　　　　〈九懷・匡機〉：芷閭兮藥房，奮搖兮眾芳。
　　　　〈九懷・危俊〉：結榮茝兮遂逝，將去燕兮遠遊。
　　　　〈九懷・亂曰〉：皇門開兮照下土，株穢除兮蘭茝睹。
　　　　〈九歎・逢紛〉：懷蘭蕙與衡芷兮，行中野而散之。
　　　　〈九歎・怨思〉：淹芳芷於腐井兮，棄雞駭於筐簏。
　　　　〈九歎・惜賢〉：登長陵而四望兮，覽芷圃之蠢蠢。
　　　　〈九歎・愍命〉：莞芎棄於澤洲兮，鮑蠹蠹於筐簏。
　　　　〈九歎・遠遊〉：懷蘭茝之芬芳兮，妒被離而折之。
　　　　〈九思・怨上〉：菽藘兮蔓衍，芳蘺兮挫枯。
　　　　〈九思・傷時〉：菫荼茂兮扶疏，蘅芷彫兮瑩嫇。

【植物小檔案】

學名：*Angelica dahurica*（Fisch.
　　　 ex Hoffm.）Benth. *et*
　　　 Hook. f.

科別：繖形花科

多年生草本，高可達2公尺。根粗壯，圓錐形，莖亦粗壯，直徑2-3公分，中空，紫紅色。基生葉有長柄，基部葉鞘紫色，二至三回三出羽裂，裂片卵圓形至披針形，邊緣有不規則之白色骨質粗鋸齒，基部延展成翅狀；莖上部葉較小，有顯著之囊狀鞘；葉兩面均無毛。頂生或腋生複繖形花序，有總苞及小苞片；花白色。果扁平，呈橢圓形或近橢圓形，分果片5稜，側稜呈翅狀。主要分布於河南、河北、陝西及東北。

白芷在《楚辭》中共有六種不同名稱：芷、茞、藥、蘺、白芷和莞，是《楚辭》中出現次數最多的一種香草，因此《爾雅翼》云：「《楚辭》以芳草比君子，而言茞者最多。」其中〈九歎·愍命〉：「莞苴棄於澤洲兮」之「莞」，亦有解為香蒲（*Typha latifolia*，見104頁）者。

白芷「根長尺餘，白色」，因此得名。植物體含揮發油及多種香豆精衍生物。葉名「蒿麻」，古代用於沐浴。王逸云：「行清潔者佩芳，德仁明者佩玉，能解結者佩纚，能決疑者佩玦，故孔子無所不佩。」由文中可知孔子身上也常佩帶白芷。《禮記》〈內則〉記載：古時父母長輩常賞賜家族婦女飲食、布帛及茞蘭，也證

明白芷是古代主要的香草植物。

《神農本草經》列白芷為中品，「性溫味辛」，用以「祛風解表」、排膿、消腫止痛等，至今仍為重要的藥材。根據最新醫療報告指出，白芷根部所含的白芷素有擴張冠狀血管的作用，對於中樞神經也有興奮作用，可用以治療頭痛、流行性感冒等病症。

右上：白芷的葉裂片邊緣有不規則的白色骨質粗鋸齒，是其重要的形態
　　　特徵。
左下：白芷是《楚辭》中常見的香草植物，開花結果時植株高度可達2
　　　公尺。

【蘭

今名：澤蘭

時曖曖₁其將罷兮，結幽蘭而延佇。

世溷₂濁而不分兮，好蔽美而嫉妒。

────節錄〈離騷〉

【註解】1.曖曖：音愛，日光昏暗貌。
　　　　2.溷：音混，亂也。

【另見】〈離騷〉：扈江離與辟芷兮，紉秋蘭以為佩。
　　　　　　　　　余既滋蘭之九畹兮，又樹蕙之百畝。
　　　　　　　　　戶服艾以盈要兮，謂幽蘭其不可佩。
　　　　　　　　　蘭芷變而不芳兮，荃蕙化而為茅。
　　　　　　　　　余以蘭為可恃兮，羌無實而容長。
　　　　　　　　　覽椒蘭其若茲兮，又況揭車與江離。
　　　　〈九歌・東皇太一〉：蕙肴蒸兮蘭藉，奠桂酒兮椒漿。
　　　　〈九歌・雲中君〉：浴蘭湯兮沐芳，華采衣兮若英。
　　　　〈九歌・湘君〉：薜荔柏兮蕙綢，蓀橈兮蘭旌。
　　　　〈九歌・湘夫人〉：沅有茝兮醴有蘭，思公子兮未敢言。
　　　　〈九歌・少司命〉：秋蘭兮麋蕪，羅生兮堂下。／秋蘭兮青青，綠葉兮紫莖。
　　　　〈九歌・禮魂〉：春蘭兮秋菊，長無絕兮終古。
　　　　〈九章・悲回風〉：故茶薺不同畝兮，蘭茝幽而獨芳。
　　　　〈招魂〉：光風轉蕙，氾崇蘭些。／蘭膏明燭，華容備些。
　　　　　　　　　蘭薄戶樹，瓊木籬些。／蘭膏明燭，華鐙錯些。
　　　　　　　　　結撰至思，蘭芳假些。／皋蘭被徑兮斯路漸。
　　　　〈大招〉：茝蘭桂樹，鬱彌路只。
　　　　〈七諫・沉江〉：明法令而修理兮，蘭芷幽而有芳。
　　　　〈九懷・尊嘉〉：余悲兮蘭生，委積兮從橫。
　　　　〈九懷・蓄英〉：將息兮蘭皋，失志兮悠悠。
　　　　〈九懷・亂曰〉：皇門開兮照下土，株穢除兮蘭芷香。
　　　　〈九歎・逢紛〉：懷蘭蕙與衡芷兮，行中野而散之。
　　　　〈九歎・惜賢〉：遊蘭皋與蕙林兮，睨玉石之嵾嵯。
　　　　〈九歎・遠遊〉：懷蘭茝之芬芳兮，妒被離而折之。
　　　　〈九思・憫上〉：懷蘭英兮把瓊若，待天明兮立躑躅。

【植物小檔案】
學名：Eupatorium japonicum
　　　 Thunb.
科別：菊科

多年生草本，高可達1-2公尺，嫩枝披細柔毛。葉對生，橢圓形至長橢圓形，長5-20公分，寬3-6公分，表面光滑，背面被柔毛及腺點，深至淺鋸齒緣。頭花集生成繖房狀，為管狀花，花5，均為兩性花。瘦果有腺點及柔毛。分布於東北、華北、華中、華南及西南各省之山坡、水澤地及河岸，朝鮮半島及日本亦產。

澤蘭屬植物多生長在下濕地，除澤蘭外，還包括華澤蘭（E. chinense）、佩蘭（E. fortunei）等。澤蘭類的葉子有香味，可煎油製成香料。古人用

於殺蟲及辟除不祥之物，也取澤蘭植株燒水沐浴，或藏在衣服中去除臭味，爲著名的古代香草。

在屈原的作品中，常以香草喻君子，而香草中又以「蘭」最常出現。古代時，只有道德高尚的君子才有資格佩蘭。屈原自己也經常隨身佩帶，即〈離騷〉所言：「扈江離與辟芷兮，紉秋蘭以爲佩」。

除芎藭與白芷外，常和澤蘭並提的植物還包括蕙（九層塔，見30頁）、椒（花椒，見26頁）、蓀（菖蒲，見66頁）等，均爲常見的香草或香木。文獻中最早提到澤蘭的是《詩經》，如〈陳風·澤陂〉之「彼澤之陂，有蒲與蕑」、〈鄭風·溱洧〉之「士與女，方秉蕑兮」，兩詩中的「蕑」，即今日所稱的澤蘭。孔子稱頌「蘭」爲「王者之香」，周遊列國時曾寫下一篇〈猗蘭操〉，自傷生不逢時。澤蘭在古人心目中地位之崇高由此可見。

左上：華澤蘭也是古人慣常使用的「蘭」。在屈原作品中，以這類香草植物比喻君子。
右下：枝葉具香味，可製成香料，用以殺蟲及辟除不祥之物。

【木蘭

古又名：蘭
今名：玉蘭；木蓮

朝飲木蘭之墜露兮，夕餐秋菊之落英₁。

苟余情其信姱₂以練要₃兮，長顑頷₄亦何傷？

───────節錄〈離騷〉

【註解】1.落英：落花。

2.姱：音誇，美好。

3.練要：練，擇也。練要謂擇要道而行，
或專注於要事大節。

4.顑頷：音砍旱，面黃肌瘦之貌。

【另見】〈離騷〉：朝搴阰之木蘭兮，夕攬洲之宿莽。

〈九歌・湘君〉：桂櫂兮蘭枻，斲冰兮積雪。

〈九歌・湘夫人〉：桂棟兮蘭橑，辛夷楣兮藥房。

〈九章・惜誦〉：檮木蘭以矯蕙兮，鑿申椒以為糧。

〈九歎・憂苦〉：葛藟虆於桂樹兮，鴟鴞集於木蘭。

【植物小檔案】
學名：*Magnolia denudata* Desr.
科別：木蘭科

落葉喬木，高可達20公尺。葉互生，倒卵形至倒卵狀橢圓形，長10-15公分，寬3.5-7.5公分；葉片先端圓至鈍，表面幼時被柔毛，背面有淡綠色毛。花先葉開放，單生花，具香味，徑12-15公分，花被片9，白色，雜交種粉紫色；雄蕊多數；心皮多數，離生。聚合果圓筒形，長8-12公分，蓇葖果木質。分布於華中、華北及華東各省，目前大陸各地普遍栽培。

木蘭科植物的花大多花色鮮豔或香氣濃郁，特別是木蘭屬（*Magnolia*）、木蓮屬（*Manglietia*）、含笑花屬（*Mechelia*），均開豔麗的香花，都可稱爲「香木」。由於其「花香如蘭似杜（杜若）」，因此稱爲「木蘭」、「杜蘭」或「林蘭」，但古人並未明言「木蘭」的確切種類。

除了花香，「木蘭」也可「功列桐君之書，刳舟送遠」，是建材及製舟的樹種。《述異記》云「昔吳王闔閭植木蘭用構宮殿」、「魯班刻木蘭爲舟」，可見「木蘭」是一種可以長成巨大喬木的植物。根據多數學者的意見，「木蘭」應爲今之

木蓮（*Manglietia fordiana*）或玉蘭（*M. denudata*），前者爲落葉性大喬木，後者爲常綠大喬木。主要產於秦嶺和長江上游各地，爲《詩經》及《楚辭》產生的背景地區。

在古代文學作品中，蘭桂（肉桂，見28頁）常並提，象徵君子和忠臣。「木蘭」類的木材肌理細膩，加工性質好，可製作各種器物。其樹形大多美觀，許多種類已成爲各地重要的庭園樹及行道樹。

右上：純種的玉蘭花白色香豔，自古即爲景觀樹種。
左下：雜交的玉蘭花色粉紫，在華中、華北地區普遍栽種。

【宿莽

古又名：莽
今名：菵草

開春發歲兮，白日出之悠悠。

吾將蕩志₁而愉樂兮，遵江夏₂以娛憂。

掔₃大薄₄之芳茞₅兮，搴₆長洲之宿莽。

惜吾不及古人兮，吾誰與玩此芳草？

————節錄〈九章・思美人〉

【註解】1.蕩志：猶言縱情。
　　　　2.遵江夏：遵，沿行；江夏指長江與夏水。
　　　　3.掔：音義同攬，採摘。
　　　　4.薄：草木茂密之處。
　　　　5.茞：讀爲柴之第三聲，白芷，見18頁。
　　　　6.搴：音邊，拔取。

【另見】〈離騷〉：朝搴阰之木蘭兮，夕攬洲之宿莽。
　　　　〈九章・悲回風〉：穆眇眇之無垠兮，莽芒芒之無儀。
　　　　〈九歎・憂苦〉：遵野莽以呼風兮，步從容於山藪。

【植物小檔案】
學名：*Beckmannia syzigachne*
　　　（Steud.）Fernald.
科別：禾本科

一年生或越年生草本，高15-90公分。葉扁平，寬0.3-1公分，葉鞘無毛，葉舌長約0.2公分。圓錐花序狹窄，由多數穗狀花序稀疏排列而成，長10-30公分，倒卵圓形，灰綠色；各穗狀花序長約2-4公分；每小穗含一小花，穎等長，厚革質，有淡綠色橫脈。分布在大陸各省區、日本、朝鮮半島，多生於水邊和潮濕地方，是良好的飼料。

關於《楚辭》中提到的「宿莽」及「莽」有以下數種解釋：一、草統稱為「莽」，如〈九章‧悲回風〉：「莽芒芒之無儀」。二、王逸的《楚辭章句》云：「草多生不死者，楚人曰宿莽」，如〈離騷〉

「夕攬洲之宿莽」。三、《群芳譜》則謂蒼耳（*Xanthium sibiricum*，見56頁）為「宿莽」。

　　沈括的《補筆談》說：「莽草有多種，以所謂石桂或紅桂者為真莽草。」即今之馬醉木〔*Pieris japonica*（Thunb.）D. Don *ex* G. Don〕，屬杜鵑花科，全株有毒。《本草經》則認為「宿莽」為八角類之莽草（*Illicium lanceolatum* A. C. Smith.）或其他同屬植物，如日本莽草（*I. anssatium* L.）等，均含有劇毒。

　　另外，則如《本草綱目》所言：「莽草一名茵草，一名芒草，一名鼠莽。」又說「此物有毒，食之令人迷惘。」即今之茵草。《爾雅正義》說茵草「可以為索，長丈餘……今田野間有草，長而堅韌，野人以為繩索。」按〈離騷〉等章之句意，「宿莽」及「莽」，宜解為茵草。

左上：木本八角類之莽草（*I. lanceolatum*）含有劇毒，也被認為是《楚辭》所提及的「莽」。
右下：《本草綱目》認為莽草即茵草，生長在水邊及潮濕地。

古又名：申椒
今名：花椒

瑤席兮玉瑱₁，盍₂將把₃兮瓊芳。

蕙肴₄蒸兮蘭藉₅，奠桂酒兮椒漿。

揚枹₆兮拊₇鼓，疏緩節兮安歌，陳竽₈瑟兮浩倡₉。

————節錄〈九歌・東皇太一〉

【註解】1.瑱：音振，用以鎮席之美玉。
2.盍：何不。
3.把：持也。
4.肴：音義通餚，帶骨的肉。
5.蘭藉：以蘭草墊底。
6.枹：音包，鼓槌。
7.拊：音府，敲擊。
8.竽：音娱，古樂器，形似笙而略大。
9.浩倡：浩者大也；倡，音義同唱。

【另見】〈離騷〉：雜申椒與菌桂兮，豈維紉夫蕙茝？／蘇糞壤以充幃兮，謂申椒其不芳。
巫咸將夕降兮，懷椒糈而要之。／椒專佞以慢慆兮，樧又欲充夫佩幃。
覽椒蘭其若茲兮，又況揭車與江離。
〈九歌・湘夫人〉：蓀壁兮紫壇，播芳椒兮成堂。
〈九章・惜誦〉：擣木蘭以矯蕙兮，鑿申椒以為糧。
〈九章・悲回風〉：惟佳人之獨懷兮，折若椒以自處。
〈七諫・自悲〉：雜橘柚以為囿兮，列新夷與椒楨。
〈九歎・逢紛〉：椒桂羅以顛覆兮，有竭信而歸誠。
〈九歎・惜賢〉：握申椒與杜若兮，冠浮雲之峨峨。
〈九歎・愍命〉：懷椒聊之蔎蔎兮，乃逢紛以罹詬也。
〈九思・哀歲〉：椒瑛兮湟汙，葈耳兮充房。

【植物小檔案】
學名：*Zanthoxylum bungeanum* Maxim.
科別：芸香科

落葉小喬木，小枝上有刺，莖幹上之刺則早落。羽狀複葉，互生，小葉5-13，葉軸常有狹窄之葉翼；小葉對生，無柄，卵形至披針形，長2-7公分，寬1-3公分，葉緣有鋸齒，齒縫有油點，葉片亦散布油點。圓錐花序頂生，花被片6-8，黃綠色；雄蕊5-8。果紫紅色，果瓣徑0.4-0.5公分，散生油點，先端有短芒。分布地區北起東北、南至華南、西至西藏東南部。

花椒全株均具香味，果實至今仍是重要的食品調味料，《楚辭》取之為香木。其他古籍也不乏花椒的記載，如《詩經》〈陳風〉「貽我握椒」和〈周頌〉「有椒其馨」；《山海經》：「琴鼓之山，其木多椒」；《淮南子》：「申椒杜茝，美人之所懷服也」等。

花椒種子在古代也經常用於泡酒，除具特殊香味外，也有辟邪袪毒的作用，如《四月民令》所言：「正月之旦，進酒降神畢，室家無（論）大小，次坐先祖之前，子孫各上椒酒於其家長，稱『舉白』。」椒葉也具香辣味，「蜀人作茶，吳人作茗」，均以椒葉合煮茶葉，以提取香味。

花椒植株每每結實纍纍，子多而香，極易繁衍，古人多用以比喻子孫滿堂。《爾雅》就提到：「椒實多

而香，故唐詩以椒聊喻曲沃之蕃衍盛大。」漢代稱皇后為「椒房」，亦取「蔓延盈升」的吉兆。皇宮內常用椒實塗屋，係因椒實味辣，用以塗屋有滿室溫暖之意，如長樂宮內即有椒房殿。

右上：花椒全株具刺，種子及葉片均有特殊香味，「蜀人作茶，吳人作茗」均以椒葉合煮茶葉。
左下：花呈圓錐花序排列，花極小，黃綠色。

【桂

古又名：菌桂
今名：肉桂

君不行兮夷猶[1]，蹇[2]誰留[3]兮中洲？

美要眇[4]兮宜修[5]，沛[6]吾乘兮桂舟。

令沉湘兮無波，使江水兮安流。

望夫君[7]兮未來，吹參差[8]兮誰思？

────節錄〈九歌・湘君〉

【註解】 1.夷猶：猶豫不決。
2.蹇：音簡，發語詞。
3.誰留：爲誰而留。
4.要眇：眇，音秒；要眇爲容貌美好。
5.宜修：修飾得宜。
6.沛：形容船行之疾速。
7.夫君：指湘君，即湘水男神。
8.參差：古樂器名，由長短不齊的竹管編排
而成，類似笙或簫。

【另見】〈離騷〉：雜申椒與菌桂兮，豈維紉夫蕙茝？
矯菌桂以紉蕙兮，索胡繩之纚纚。
〈九歌・東皇太一〉：蕙肴蒸兮蘭藉，奠桂酒兮椒漿。
〈九歌・湘君〉：桂櫂兮蘭枻，斲冰兮積雪。
〈九歌・湘夫人〉：桂棟兮蘭橑，辛夷楣兮藥房。
〈九歌・大司命〉：結桂枝兮延佇，羌愈思兮愁人。
〈九歌・東君〉：操余弧兮反淪降，援北斗兮酌桂漿。
〈九歎・逢紛〉：椒桂羅以顛覆兮，有竭信而歸誠。

【植物小檔案】
學名：*Cinnamomum cassia* Presl.
科別：樟科

常綠喬木，高15公尺，全株有香味。幼枝有稜，被褐色短絨毛。葉近對生，革質，長橢圓形至闊披針形，長8-15公分，寬3-6公分，全緣，表面綠色，光滑且有光澤，背面粉綠色，被柔毛；三出脈。圓錐花序，梗被短柔毛；花小，黃綠色。果漿果狀，橢圓形，徑0.9公分；熟時黑紫色。原產於中國，廣泛在熱帶至亞熱帶地區栽培。

桂和菌桂爲同一物，都是肉桂。葉、樹皮及嫩枝均富香氣，可長成高大的喬木，自古即用爲香料。一如生薑，肉桂也用於調理食品風味。切桂皮或桂枝泡於酒中，酒香特殊，即〈九歌・東皇太一〉中「奠桂酒兮椒漿」所稱的「桂酒」。

古詩文中的「桂」，有時是指桂花（見124頁）。桂花一般爲灌木，葉、枝、樹皮均無香味，唯花小馨香，古人也視爲香木。由詩文的內容可以判斷「桂」是指肉桂或桂花樹，例如《楚辭》及其他詩詞言及「桂舟」、「桂棟」、「桂櫂」處，所言應爲肉桂。用肉桂巨大的樹幹製作木舟，和「木蘭舟」的象徵意義相同。

「桂櫂」和「蘭槳」均是取用香木建舟，詩人的重點在於「香」；「桂棟」和「蘭橑」並提，可知此「桂」也應是肉桂。〈九歌・大司命〉中的「桂枝」，按文意推敲亦爲香木之枝，肉桂枝香而桂花枝不香，因此此處亦指肉桂。至於〈九歎・逢紛〉則是「椒桂」並提，「椒」爲花椒，果實爲食品調料，和肉桂枝或肉桂皮可作爲調料之用途相同，故此「桂」還是肉桂。

右上：肉桂的開花枝，呈頂生圓錐花序，花極小，黃綠色。
左下：葉、樹皮及嫩枝均富含香氣，自古即用爲香料。

【蕙】

古又名：菌
今名：九層塔；零陵香；蕙草；
　　　羅勒

悲回風₁之搖蕙兮，心冤結而內傷。

物有微而隕性₂兮，聲有隱₃而先倡₄。

——————節錄〈九章・悲回風〉

【註解】1.回風：旋風。
　　　　2.隕性：草木凋落。
　　　　3.聲有隱：形容旋風只聽其聲不見其形。
　　　　4.倡：始也。

【另見】〈離騷〉：雜申椒與菌桂兮，豈維紉夫蕙茝？
　　　　　　　　　余既滋蘭之九畹兮，又樹蕙之百畝。
　　　　　　　　　矯菌桂以紉蕙兮，索胡繩之纚纚。
　　　　　　　　　既替余以蕙纕兮，又申之以攬茝。
　　　　　　　　　攬茹蕙以掩涕兮，霑余襟之浪浪。
　　　　　　　　　蘭芷變而不芳兮，荃蕙化而為茅。
　　　　〈九歌・東皇太一〉：蕙肴蒸兮蘭藉，奠桂酒兮椒漿。
　　　　〈九歌・湘君〉：薜荔柏兮蕙綢，蓀橈兮蘭旌。
　　　　〈九歌・湘夫人〉：罔薜荔兮為帷，擗蕙櫋兮既張。
　　　　〈九歌・少司命〉：荷衣兮蕙帶，儵而來兮忽而逝。
　　　　〈九章・惜誦〉：檮木蘭以矯蕙兮，糳申椒以為糧。
　　　　〈九章・惜往日〉：自前世之嫉賢兮，謂蕙若其不可佩。
　　　　〈九辯〉：竊悲夫蕙華之曾敷兮，紛旖旎乎都房。／以為君獨服此蕙兮，羌無以異於眾芳。
　　　　〈招魂〉：光風轉蕙，氾崇蘭些。
　　　　〈七諫・沉江〉：聯蕙芷以為佩兮，過鮑肆而失香。
　　　　〈七諫・自悲〉：飲菌若之朝露兮，構桂木而為室。
　　　　〈九懷・匡機〉：菌閣兮蕙樓，觀道兮從橫。
　　　　〈九懷・通路〉：紉蕙兮永辭，將離兮所思。
　　　　〈九歎・逢紛〉：懷蘭蕙與衡芷兮，行中野而散之。
　　　　〈九歎・怨思〉：菀蘼蕪與菌若兮，漸藁本於洿瀆。
　　　　〈九歎・惜賢〉：懷芳香而挾蕙兮，佩江離之斐斐。／遊蘭皋與蕙林兮，睨玉石之嵾嵯。
　　　　　　　　　　　　結桂樹之旖旎兮，紐荃蕙與辛夷。
　　　　〈九歎・愍命〉：搖荃蕙與射干兮，耘藜藿與蘘荷。

【植物小檔案】
學名：*Ocimum basilicum* L.
科別：唇形科

一年生草本，莖高30-70公分，多分枝。小枝四稜，被短柔毛。葉對生，卵圓形至卵狀橢圓形，長2.5-5公分，寬1-2.5公分，先端鈍或急尖；近全緣，或邊緣不規則齒牙狀，背面有腺點。花序輪繖狀，每輪約6花；唇瓣，花冠淡紫色，或上唇白色，下唇紫紅色，長約0.6公分；雄蕊4。小堅果卵球形，黑褐色。原產於非洲至亞洲溫帶地區。

蕙或菌均是九層塔，又稱零陵香、薰草、羅勒，是《楚辭》中主要的香草。全株具芳香，能去除惡臭，隨身佩帶可散發香味。總狀花序如高塔層層疊起，因此取名「九層塔」。古代的「祓除」祭禮，常用此植物薰香，此即「薰草」一稱的由來。有時可和其他香草混合，製作成固體「湯丸」，用於煮水洗澡，作為淨身香料。《本草衍義》記載：古時婦女常用九層塔浸油潤髮，說「香無以加」。用此草作床薦或坐褥，有滿室生香的效果。

九層塔香味雖濃，但未見古人用為食品香料。但在台灣及華南地區，烹調時多用九層塔去除腥羶之味，台灣鄉間常見栽植於屋角處。九層塔全株含揮發油，

除作為香料外，莖、葉及老化枝幹、根頭均可入藥，莖葉為產科良藥。九層塔以「羅勒」一名最先出現在《嘉祐本草》，載明各種藥效。《本草綱目》記載：九層塔種子「能治目翳」，由此可知九層塔全株都有用途。九層塔如今已有多種不同的栽培種，常見的有紫莖種、綠莖種、細葉種、矮羅勒等。

右上：蕙或稱羅勒、九層塔，花在花序上呈輪繖狀排列。
左下：蕙為一年生草本，每年春夏間開花，秋季果實成熟後即枯萎。

【留夷

今名：芍藥

余既滋₁蘭之九畹₂兮，又樹蕙之百畝。

畦₃留夷與揭車₄兮，雜杜衡₅與芳芷。

冀₆枝葉之峻茂兮，願俟時乎吾將刈₇。

雖萎絕其亦何傷兮，哀眾芳之蕪穢。

————節錄〈離騷〉

【註解】1.滋：培植。
　　　　2.畹：音碗，十二畝曰畹。
　　　　3.畦：音其，此爲分畦種植之意。
　　　　4.揭車：即珍珠菜，見36頁。
　　　　5.杜衡：香草，見38頁。
　　　　6.冀：希望。
　　　　7.刈：音易，割也。

【植物小檔案】
學名：*Paeonia lactiflora* Pall.
科別：牡丹科

多年生草本，高可達70公分，全株光滑無毛。下部葉為二回三出複葉，上部則為三出葉；葉淡綠色或灰綠色，被白粉。花數朵簇生於莖頂或葉腋，花白色或各種顏色；雄蕊多數，花藥黃色；心皮4-5。果為蓇葖果，頂端具喙，長2.5-3公分，成熟時開裂。分布於東北、華北、西北各省以及朝鮮半島、日本、蒙古及西伯利亞等地，是栽培歷史悠久的觀賞花卉。

留夷一名在《文選》中寫為「留黃」。《廣雅疏證》說：「欒夷，芍藥也」，而「欒夷」就是留夷。郭璞注《西山經》也註明「留夷」即芍藥。雖然芍藥的根、莖、葉均無香氣，與《楚辭》提到的其他香草不同，不過芍藥的花則香氣濃馥，因此從《毛詩》以來就被視為香草。

　　芍藥初夏開花，有紅、白、紫等顏色，以白色花最為常見。白花芍藥，有時直稱「藥」；紅花芍藥則稱為「紅藥」。唐宋以後，御花園、寺院、庭園等多栽植為觀賞花卉，揚州芍藥更是豔冠天下。古時男女惜別常互贈芍藥，因此芍藥又名「將離」。芍藥的根可用於調味，為「五味之和」，即韓昌黎詩所云：「兩廂鋪氍毹，五鼎烹芍藥」。

　　《上林賦注》和《王逸注楚辭》則認為「留夷」應為辛夷（見80頁）。但辛夷為木本植物，與下句之杜衡（見38頁）和芳芷（見18頁）等香草根本不同類，加上同句中的揭車（珍珠菜，見36頁）也是草本植物，因此「留夷」宜解為草本植物的芍藥。

右上：芍藥初夏開花，秋季果實成熟，圖為芍藥的蓇葖果。
左下：白色花的芍藥最常見，花香濃馥，《楚辭》視之為香草。

【茹

今名：柴胡

阽$_1$余身而危死兮，覽余初$_2$其猶未悔。

不量鑿$_3$而正枘$_4$兮，固前脩$_5$以菹醢$_6$。

曾歔欷余鬱邑$_7$兮，哀朕時之不當。

攬茹蕙以掩涕兮，霑余襟之浪浪$_8$。

————節錄〈離騷〉

【註解】1.阽：音店，臨近邊緣之意。
　　　　2.初：初志。
　　　　3.鑿：孔眼。
　　　　4.枘：音瑞，榫頭。
　　　　5.前脩：前賢。
　　　　6.菹醢：菹，音居；醢，音海。二者均為肉醬。
　　　　7.鬱邑：同鬱抑。
　　　　8.浪浪：淚流不止貌。

【植物小檔案】
學名：Bulpeurum chinese DC.
科別：繖形花科

多年生草本。莖叢生或單生，上部多分歧，略呈「之」字形。根亦多分枝。莖生葉倒披針形至狹橢圓形，早枯；中部葉倒披針形至線狀披針形，長3-10公分，寬0.5-1.5公分，具7-9條平行脈，背面有白粉。複繖形花序，總苞5；花鮮黃色。產於東北、華北、西北、華中各地之向陽山坡或草叢中。

茹一般解作「茈胡」，為香草植物。「茈」為古柴字，由此推之，「茹」即今日所稱的「柴胡」。《本草綱目》說：柴胡「嫩則可茹，老者釆而為柴」，幼苗香辛可食，稱為「芸蒿」、「山菜」或

「茹草」。《呂氏春秋》云：「菜之美者，陽華之芸」，「芸」及「芸蒿」，其實都是柴胡。古人相信吃此草「可以死而復生」。柴胡的植株成年硬化後，可以供作柴薪，而根名就叫「柴胡」。

柴胡生長在排水良好的山坡地上，不耐水浸，所以《戰國策》說：「今求柴胡、桔梗於沮澤，則累世不得一焉。」在水草聚生的濕地上想要找到柴胡、桔梗等植物，當然如緣木求魚般不可能了。

柴胡為常用中藥，用以治療流行性感冒等上呼吸道感染疾病，也可用以治療瘧疾。柴胡屬植物有百種以上，入藥的種類約有二十種，其中較好且使用較廣的種類首推柴胡。

另有解「茹」為柔軟者，如《王逸注》。根據此解，「茹蕙」意為柔軟的蕙草。

左上：柴胡開黃色小花，花排成複繖形花序。
右下：柴胡為常見的中藥材，多生長在排水良好的山坡上。

【揭車

今名：珍珠菜

固時俗之流從兮[1]，又孰能無變化。

覽椒蘭其若茲[2]兮，又況揭車與江離[3]。

惟茲佩之可貴兮，委[4]厥美而歷茲[5]。

芳菲菲而難虧[6]兮，芳至今猶未沫[7]。

————節錄〈離騷〉

【註解】1.固時俗之流從兮：全句意爲世俗風氣本來就隨波逐流。
2.茲：此也。
3.江離：芎藭，見16頁。
4.委：鄙棄。
5.歷茲：猶言至於此。
6.虧：損也。
7.沫：音義同昧，暗淡也。

【另見】〈離騷〉：畦留夷與揭車兮，雜杜衡與芳芷。

【植物小檔案】
學名：*Lysimachia clethroides*
　　　Duby
科別：報春花科

一年生草本，莖直立，高可達1公尺，全株被黃褐色卷毛。葉互生，卵狀橢圓形至闊披針形，長6-15公分，寬2-5公分，兩面亦生黃色卷毛，有黑色斑點；葉緣稍背卷。花序總狀，頂生；合瓣花，花冠白色，長約0.5公分；花梗長0.5公分；雄蕊稍短於花冠，花絲稍有毛；花柱稍短於雄蕊。蒴果球形，徑0.2-0.5公分。廣泛分布於大陸長江以南各省，華北亦產，生長在路旁及山區草坡中。

揭車在《爾雅》中稱為「藒車」，又名「乞輿」，所指到底是何物，歷代文獻均語焉不詳。《廣志》云：「藒車生徐州。高數尺，黃葉白花」；《本草拾遺》則說：「藒車香味辛……去臭及蟲魚蛀蠹」，說明本植物具有香味（或辛辣味），古代用來薰衣除臭並防蛀蟲，也可帶在身上「辟惡氣」，作用與靈香草（*L. foenum-graecum*）等香草相同。

靈香草是古代薰衣防蛀的香料。但此植物葉為深綠色、花冠為黃色，與「黃葉白花」特徵不符。而同屬的珍珠菜，葉兩面黃色卷毛，花冠白色，外形特徵與「揭車」相符。再者，珍珠菜枝葉含精油，〈離騷〉中以「揭車」比之杜衡（見38頁）、白芷（見18頁），可知應為戰國時代楚地常用的香料藥材。綜合上述，則「揭車」應該就是珍珠菜。

珍珠菜枝葉、根、種子均有療效，古今民間方藥集中多有記載，可用於治療月經不調、婦女白帶、再生障礙性貧血、痢疾，以及跌打損傷、咽喉腫痛、急性淋巴管炎，也可醫治毒蛇咬傷。唯本植物不見載於主要的草本著作，倍受古籍冷落。

右上：葉兩面有黃色卷毛，花冠白色，因此針珠菜應該就是古籍所說的「揭車」。
左下：珍珠菜植物體具香味，古人用來薰衣除臭並防蛀蟲。

【杜衡】

古又名：蘅；衡
今名：杜蘅

芷葺₁兮荷屋，繚₂之兮杜衡。

合百草兮實₃庭，建芳馨兮廡₄門。

九嶷繽₅兮並迎，靈之來兮如雲₆。

—————節錄〈九歌・湘夫人〉

【註解】1.葺：音棄，覆蓋屋頂。
　　　　2.繚：纏繞。
　　　　3.實：充滿。
　　　　4.廡：音五，廳堂下兩旁之屋。
　　　　5.繽：眾多貌。
　　　　6.如雲：眾多貌。

【另見】〈離騷〉：畦留夷與揭車兮，雜杜衡與芳芷。
　　　　〈九歌・山鬼〉：被石蘭兮帶杜衡，折芳馨兮遺所思。
　　　　〈九章・悲回風〉：蘋蘅槁而節離兮，芳以歇而不比。
　　　　〈七諫・怨世〉：棄捐藥芷與杜衡兮，余奈世之不知芳何。
　　　　〈九歎・逢紛〉：懷蘭蕙與衡芷兮，行中野而散之。
　　　　〈九思・傷時〉：菫荼茂兮扶疏，蘅芷彫兮瑩嫇。

【植物小檔案】
學名：*Asarum forbesii* Maxim.
科別：馬兜鈴科

多年生草本，高10-20公分；地下莖橫走，細長。葉基生，1-3片，葉片心狀腎形，長寬各約3-8公分，先端圓鈍，表面有白斑。葉柄長7-15公分。花單生，無花瓣；萼鐘形或壺形，紫黑色，先端三裂，裂片直立，喉部緊縮，內壁有方格狀網紋。蒴果肉質，具多數黑褐色種子。分布於華中、華東各省區陰濕之林下或草叢中。

古代詩文中，凡稱「蘅」、「衡」或「杜衡」者，均指馬兜鈴科的杜衡；而稱「杜」或「杜若」者，則為薑科之高良薑（見76頁）。杜衡為細辛屬（*Asarum*）植物，形態和氣味都和中藥常用的細辛（*A. heterotropoides* Fr. Schmidt）類似。杜衡全株均有香辛味，可隨身佩帶當作香料。古時道家也常服用，據說可「令人身衣香」。

《唐本草》說：「杜衡，葉似葵，形如馬蹄」，因此又名「馬蹄香」。《楚辭》各章將杜衡和芳芷（見18頁）、蘭（澤蘭，見20頁）、蕙（九層塔，見30頁）等芳香植物並提，可知杜衡也是詩人感情寄寓的一種香草。

《山海經》描寫杜衡，說天帝山上有一種草，狀如冬葵，味道如蘼蕪（芎藭，見16頁）。馬吃了可健步如飛，人吃了可治療腫瘤（瘦）。據現代的科學分析指出，杜衡全草具芳香油，其主成分為黃樟油及丁香酚，有特異的辛香氣味，具驅蟲效果。直至近代，杜衡等細辛屬植物還常用來代替樟腦丸。至於藥效方面，杜衡可發汗袪痰，用於治療感冒和頭痛。

右上：杜衡的葉形如馬蹄，因此又稱「馬蹄香」，經常出現在古詩文中。
左下：全株具香辛味，可當香料隨身佩帶。深紫色花著生於植株基部。

今名：菊

擣₁木蘭以矯₂蕙兮，鑿₃申椒以為糧。

播江離與滋₄菊兮，願春日以為糗₅芳。

—————節錄〈九章・惜誦〉

【註解】1.擣：音義同搗。

2.矯：揉也。

3.鑿：音作，原意為精細米，此指春之使品質更為精純。

4.滋：培植。

5.糗：原為乾飯屑，此處指用江離與菊做成的乾糧。

【另見】〈離騷〉：朝飲木蘭之墜露兮，夕餐秋菊之落英。

〈九歌・禮魂〉：春蘭兮秋菊，長無絕兮終古。

【植物小檔案】
學名：*Chrysanthemum morifolium*
　　　Ramat.
科別：菊科

多年生草本，高50-150公分，全株密被白色絨毛；莖基部常木質化，略帶紫紅色，幼枝略具稜。葉互生，卵形至卵狀披針形，先端鈍，基部近心形，長5-7公分，寬3-4公分；邊緣有粗鋸齒，或深裂成羽狀，背面被有白色絨毛。頭狀花序頂生或腋生，徑3-5公分，總苞3-4層，綠色，被白色絨毛；舌狀花為雌花，位於邊緣，白色或黃色，管狀花兩性，黃色，位於中央。原產於中國及日本，現各地均有栽培。

菊在秋天才開花，《埤雅》說：「菊本作鞠」，「鞠，窮也。花事至此而窮，故謂之鞠。」意思是說入秋後大多數植物的花均已凋落，只有菊花盛開獨秀，因此才稱為「鞠」，後來逐漸演變成「菊」。菊在《楚辭》中也納入香草之列。

　　菊花以黃色為正色，剛開始栽培時的菊花花朵小，黃色小朵的菊花才是古人所說的「眞菊」。王安石〈武夷〉詩：「黃昏風雨打園林，殘菊飄零滿地金」，「滿地金」所指的菊花就是「眞菊」。眞菊的莖為紫色，氣香而味甘，葉可摘食作羹。白菊和紫菊直至唐朝時才出現，如李商隱〈九日〉詩：「曾共山翁把酒時，霜天白菊繞階墀」。宋朝時，菊花的栽培風氣大盛，菊譜相繼出現。至今菊花品種已多達兩、三千種。

菊是重要的中藥材，《神農本草經》列為上品。古人栽植菊花的目的，原是供作藥用，後來才發展成觀賞之用。菊花也可製成飲料，據傳服用菊花有延年益壽之效。從西漢起，每逢重陽節都有飲菊花酒的習慣。

右上：黃色才是菊的正色，因此詩人才會以「殘菊飄零滿地金」來形容凋落的菊花花瓣。
左下：白菊直至唐朝才出現，後來更發展出紫色花、粉紅色花等品種。

【薜荔

今名：薜荔

桂棹兮蘭枻₁，斲₂冰兮積雪。

采₃薜荔兮水中，搴₄芙蓉兮木末。

心不同兮媒勞₅，恩不甚₆兮輕絕。

————節錄〈九歌·湘君〉

【註解】1.枻：音意，船槳。
　　　　2.斲：音酌，擊破。
　　　　3.采：音義同採。
　　　　4.搴：音邊，摘取。
　　　　5.心不同兮媒勞：心意不同，媒人徒勞而無功。
　　　　6.甚：深重也。

【另見】〈離騷〉：攬木根以結茝兮，貫薜荔之落蕊。
　　　　〈九歌·湘君〉：薜荔柏兮蕙綢，蓀橈兮蘭旌。
　　　　〈九歌·湘夫人〉：罔薜荔兮為帷，擗蕙櫋兮既張。
　　　　〈九歌·山鬼〉：若有人兮山之阿，被薜荔兮帶女羅。
　　　　〈九章·思美人〉：令薜荔以為理兮，憚舉趾而緣木。
　　　　〈九歎·逢紛〉：薜荔飾而陸離薦兮，魚鱗衣而白蜺裳。
　　　　〈九歎·惜賢〉：搴薜荔於山野兮，采撚支於中洲。

【植物小檔案】
學名：*Ficus pumila* L.
科別：桑科

常綠攀緣藤本，莖節具不定根。葉二型，營養枝之葉小而薄，心狀形，長1-2.5公分；花果枝之葉近革質，卵狀橢圓形，長4-10公分，先端鈍，全緣。花序單生於葉腋，梨形至倒卵形，基生苞片3；雄花和蟲癭花同生於一花序中，雌花生於另一花序。分布於華東、華南、西南、日本、印度及台灣。

薜荔的花包被在膨大的花托內，從外面看不到開花，稱為「隱頭花序」。結果後稱為「隱頭果」，形狀和大小有如蓮蓬，因此又稱「木蓮」。全株並無香味，不過由於《楚辭》常常引述為香草，加上《漢書》〈房中歌〉云：「都荔遂芳」（荔即薜荔），因此後世詩人因襲詠誦而納入香草之列。

薜荔葉厚實，蔓狀叢生，常覆蓋在岩石上，有如織網（罔），所以〈九歌・湘夫人〉才有「罔薜荔兮為帷」之句。唐代詩人王縉承襲其意而寫下「薜荔成帷晚霜多」。由於薜荔生長在旱地上，〈九歌・湘君〉以「采薜荔兮水中」，來比喻會見湘君之不可能。〈九歌・山鬼〉則以「被薜荔兮帶女蘿」來形容山鬼的裝束，該句借

用山鬼身披薜荔、腰繫松蘿（見86頁）來凸顯山鬼飄忽無蹤的特性。

薜荔植株四時不凋，自古以來即栽種在屋垣、牆角或石階作為綠化植物，並成為歷代詩人吟誦的對象，如唐代胡曾的「蘿荔雨餘山似黛」、宋代梅堯臣的「春城百花發，薜荔上陰階」等。

右上：薜荔的「隱頭果」，形狀和大小類似蓮蓬，因此古人又稱之為「木蓮」。
左下：薜荔枝葉厚實，常攀爬在牆壁、岩石或石階上。

【胡

今名：大蒜

擥₁木根以結茝₂兮，貫薜荔₃之落蕊。

矯₄菌桂以紉₅蕙兮，索₆胡繩之纚纚₇。

謇₈吾法₉夫前脩₁₀兮，非世俗之所服₁₁。

雖不周₁₂於今之人兮，願依彭咸₁₃之遺則。

————節錄〈離騷〉

【註解】1.擥：音義同攬，持也。
　　　　2.茝：讀爲茝之第三聲，白芷，見18頁。
　　　　3.貫薜荔：貫，串連；薜荔，音必利，見42頁。
　　　　4.矯：直也。
　　　　5.紉：連綴。
　　　　6.索：搓繩。
　　　　7.纚纚：音喜，形容繩子長又好貌。
　　　　8.謇：音檢，發語詞。
　　　　9.法：效法。
　　　　10.前脩：前賢。
　　　　11.服：佩帶。
　　　　12.周：合也。
　　　　13.彭咸：商朝大夫，因諫其君不聽，投水而亡。或說彭咸即彭祖。

植物小檔案】
學名：*Allium sativum* L.
科別：百合科

具球狀鱗莖，由數片小鱗莖排列而成。小鱗莖肉質，瓣狀，外披數層白色至紫色的膜質外皮。葉長線狀至線狀披針形，扁平，寬可達2.5公分，先端長漸尖。花莖實心，高可達60公分，花序繖形，外具長形總苞，具珠芽；花常為淡紅色，花被片披針形，長0.3-0.4公分。原產於亞洲西部、歐洲，世界各地普遍栽植。

蒜

分大蒜與小蒜，《爾雅》稱小蒜爲「蒜」、大蒜爲「葫」。小蒜原產中土，自生於野澤，又有「山蒜」及「石蒜」之分，前者生於山區，後者長於石邊，均爲初民常使用的蒜類。

大蒜原產亞洲西部，可能早已引進中土，除〈離騷〉引用外，唐代李賀的〈箜篌引〉：「隴畝油油黍與葫」也提及。由此可證至少唐朝時大蒜已普遍栽植。

〈離騷〉中將大蒜與菌桂（肉桂，見28頁）、蕙（九層塔，見30頁）等香木、香草並提，因此大蒜在此也應該是香草。《唐本草注》云：「此物（大蒜）煮爲羹臛，極俊美，薰氣亦微。」大蒜自古即用於去除魚肉的腥羶味，並可爲食物增加香味，視爲香草自是實至名歸。

蒜頭含多量磷、硫及大蒜素（一種揮發油）成分，具辛辣味，早就被列爲五辛。蒜苗嫩時可供作荣蔬。近代醫學則已證明，經常食用大蒜可以降低膽固醇，保持冠狀動脈暢通。早年台灣曾提煉大蒜精作爲保健食品而風行一時。

左上：蒜薹為蒜的幼嫩花莖，一直是重要的菜蔬。
右下：大蒜早已普遍栽植，植物體具香辛味，為《楚辭》中的一種香草。

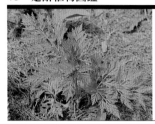

【繩

今名：蛇床

擥₁木根以結茝₂兮，貫薜荔₃之落蕊。

矯₄菌桂以紉₅蕙兮，索₆胡繩之纚纚₇。

謇₈吾法₉夫前脩₁₀兮，非世俗之所服₁₁。

雖不周₁₂於今之人兮，願依彭咸₁₃之遺則。

―――――節錄〈離騷〉

【註解】1.擥：音義同攬，持也。
　　　　2.茝：讀爲柴之第三聲，白芷，見18頁。
　　　　3.貫薜荔：貫，串連；薜荔，音必利，見42頁。
　　　　4.矯：直也。
　　　　5.紉：連綴。
　　　　6.索：搓繩。
　　　　7.纚纚：音喜，形容繩子長又好貌。
　　　　8.謇：音檢，發語詞。
　　　　9.法：效法。
　　　　10.前脩：前賢。
　　　　11.服：佩帶。
　　　　12.周：合也。
　　　　13.彭咸：商朝大夫，因諫其君不聽，投水而亡。或説彭咸即彭祖。

植物小檔案】

學名：*Cnidium monnieri*（L.）
　　　Cusson

科別：繖形花科

一年生草本，高可達80公分。莖直立或初時臥地如蛇狀，有分枝，疏生細柔毛；莖中空，有縱溝紋及隆起。二回至三回羽狀分裂，裂片線狀披針形，先端銳；葉基鞘狀。複繖形花序，總苞8-10片，線形；夏季開花，花白色，花瓣5，花柄長0.3-0.5公分。果橢圓形，長0.2-0.3公分，果稜成翅狀。分布於全中國各地、朝鮮半島及中南半島。

此「繩」非繩索之繩，吳仁傑的《離騷草木疏》根據《廣雅》的說明：「繩，一名繩毒」，解「繩」為蛇床。蛇床外形類似蘪蕪（芎藭，見16頁），兩者常混淆不清。李時珍解釋其名稱由來，說：蛇類常臥居植株下食其種子；《爾雅》也說：「盱虺是床」，所以有「蛇床」、「蛇米」等稱呼。

蛇床植株具揮發油，常散發濃郁的香氣，《楚辭》視之為香草。蛇床的花、果實，和當歸、芎藭、水芹、藁本（見186頁）等植物相似，均屬於繖形花科，植株各部含有特殊的辛香味道。古名有思益、棗棘、馬床、禿子花等，自古即為常用藥材。《神農本草經》列為上品，主治男子陽萎，有「強陽補腎」之效。長久服食，據說可「輕身，好顏色」，且「令人有子」。

除藥用外，古人也採集蛇床當成菜蔬。春季開始發苗，葉青翠，採幼苗嫩葉川燙後炒食，香味特殊。在許多偏遠農村，蛇床至今仍是重要的野菜，大抵也是著重在其強身、壯陽的食療效果。此外還主治婦人帶下陰癢、子宮寒冷不孕，並可治療風濕痺痛、疥癬濕瘡等病症。重要本草書籍《名醫別錄》、《本草圖經》、《蜀本草》、《本草綱目》均有收錄。

右：《本草綱目》作者李時珍說明蛇床一名的由來：蛇類常臥居於蛇床植株下覓食種子，因此而得名。植株香氣濃郁。

【茇
古又名：菱
今名：菱

製茇荷以為衣兮，集芙蓉以為裳。

不吾知其亦已兮，苟余情其信芳。

高余冠之岌岌兮，長余佩之陸離。

芳與澤其雜揉兮，唯昭質其猶未虧。

————節錄〈離騷〉

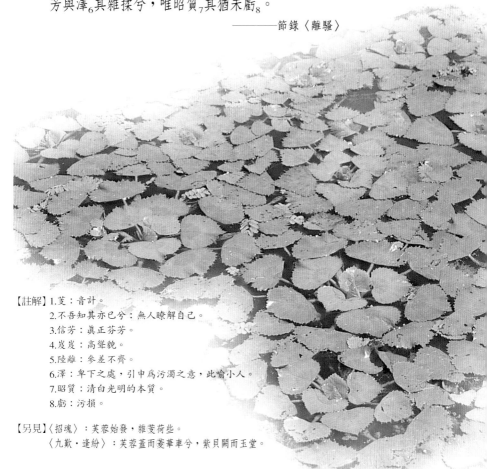

【註解】1.茇：音計。
　　　　2.不吾知其亦已兮：無人瞭解自己。
　　　　3.信芳：真正芬芳。
　　　　4.岌岌：高聳貌。
　　　　5.陸離：參差不齊。
　　　　6.澤：卑下之處，引申為污濁之意，此喻小人。
　　　　7.昭質：清白光明的本質。
　　　　8.虧：污損。

【另見】〈招魂〉：芙蓉始發，雜茇荷些。
　　　　〈九歎・逢紛〉：芙蓉蓋而菱華車兮，紫貝闕而玉堂。

植物小檔案】

學名：Trapa bispinosa Roxb.

科別：菱科

一年水生草本。莖多分枝，蔓生，水中的節間細長，接近水面的節間短。葉二型：沉水葉羽狀細裂；水上葉聚生莖頂，成蓮座狀排列，形成葉盤，稱為「菱盤」。葉片三角形，長寬各約2-4公分，葉緣具齒；葉柄中部膨脹成寬約1公分的海綿質氣囊。花單生於葉腋：瓣4，白色或淡紅色，雄蕊4：子房半下位，花盤雞冠狀。果兩側各有一硬刺狀角，紫紅色。分布於全中國各地池塘中。

菱有多種，果實三或四角者稱爲「芰」，今或稱爲四角菱（Trapa quadrispinosa Roxb.）；果實兩角者則稱爲「菱」。常見的栽培種類除菱外，尚有細果野菱（T. maximowicizii Korsh.）。菱的果實角較直，栽培面積較廣；細果野菱的果實，角彎曲向下傾，分布於長江流域以北。除了角的數目，成熟果實的表皮顏色又有青菱、紅菱、淡紅菱的分別。

果實稱「菱角」，色白脆甜，可生食也可熟食，自古即爲著名的菜蔬和水果，也是貴族宗廟的祭祀供品。菱的栽植以華東和華中地區爲多，普遍見於湖泊、沼地。據文獻記載，菱在中國的栽培歷史至少已有二千年。

《本草綱目》解釋「芰」、「菱」字的來源，說此類植株浮在水面上，葉向外舖散，所謂「其葉支散」，所以稱「芰」；果實的角「稜峭」，所以稱爲「菱」（菱）。春秋戰國時代，菱是士大夫的服色象徵，所以〈離騷〉才有「製菱荷以爲衣兮」。菱葉浮在水面上，形成六角形圖案，古稱「菱花」。〈九歌・逢紛〉章之「菱華車」，指的就是飾以菱葉圖案的車子。

左上：果實兩角的菱是栽培最廣的菱類，本圖爲紅菱。
右下：菱的水上葉呈三角形，葉柄中部膨脹成海綿質氣囊，是植株可浮在水面上的原因。

【荷

古又名：芙蓉；芙蕖
今名：荷

悲莫悲兮生別離，樂莫樂兮新相知。

荷衣兮蕙帶，倏[1]而來兮忽而逝。

夕宿兮帝[2]郊，君誰須[3]兮雲之際？

——————節錄〈九歌‧少司命〉

【註解】1.倏：音術，迅速。
　　　　2.帝：指天帝。
　　　　3.誰須：須，等待；誰須，等待誰。

【另見】〈離騷〉：製芰荷以為衣兮，集芙蓉以為裳。
　　　　〈九歌‧湘君〉：采薜荔兮水中，搴芙蓉兮木末。
　　　　〈九歌‧湘夫人〉：築室兮水中，葺之兮荷蓋。
　　　　　　　　　　　　　芷葺兮荷屋，繚之兮杜衡。
　　　　〈九歌‧河伯〉：乘水車兮荷蓋，駕兩龍兮驂螭。
　　　　〈九章‧思美人〉：因芙蓉而為媒兮，憚褰裳而濡足。
　　　　〈九辯〉：被荷裯之晏晏兮，然潢洋而不可帶。
　　　　〈招魂〉：芙蓉始發，雜芰荷些。
　　　　〈九懷‧尊嘉〉：抽蒲兮陳坐，援芙蕖兮為蓋。
　　　　〈九歎‧逢紛〉：芙蓉蓋而菱華車兮，紫貝闕而玉堂。

【植物小檔案】
學名：*Nelumbo nucifera* Gaertn.
科別：蓮科

多年生宿根性水生草本，花葉由地下莖之節部生出。葉初生時漂浮水面，繼而高出水面，扁圓形或圓形盾狀，徑30-80公分，表面深綠，背面稍帶白粉；全緣。葉柄密被刺。花單生，直徑為10-20公分，花瓣多數，通常呈粉紅色、紅色或白色；花瓣由外而內漸小，有時變成雄蕊；子房海綿質，花後膨大，包被種子；每花種子多個，種皮硬革質。分布於全中國各省，自生或栽培於池塘、水田內。

荷 在《楚辭》中有芙蓉、芙蕖及荷等多種稱法。〈離騷〉：「製芰荷以爲衣兮，集芙蓉以爲裳」，前句的「荷」指的是挺立在水面上的荷葉，下句的「芙蓉」則爲荷花。全句是說用荷葉裁製成上

衣，而以荷花的花瓣做下裳，用以形容自身潔白無瑕。

荷原產於亞洲的熱帶地區，中國栽培荷花的歷史相當悠久。距今七千年前的河姆渡文化遺址上已出現荷花孢粉；距今五千年前的仰韶文化遺址也找到碳化的蓮子，野生荷花上溯的年代可能更早。有文字記載的人工栽培荷花，最早應爲春秋戰國時代，當時吳王夫差爲西施修建的「玩花池」中，栽種的就是荷花。

荷花葉大且花容清麗，芳香四散。品種很多，以花色來分，有紅、白、玫瑰、粉紅、深紅等多種顏色，也有不同季節開花的品種，極具觀賞價值，歷朝文學家的詠荷作品比比皆是。

佛教以荷（蓮）花象徵神聖和貞潔，據說信徒眾多的觀音大士即爲蓮花所化生。魏晉以降，佛像下大多踏有蓮花臺，以示聖潔。

左上：屈原詩句中用荷葉製成上衣，以荷花瓣做下裳，以示品德高尚。
右下：荷粗大的地下莖稱之爲藕，清脆爽口。

古又名：蒺藜；藜

今名：蒺藜

蒺菉葹₂以盈室兮，判₃獨離而不服₄。

眾不可户説₅兮，孰云察余之中情。

世並舉而好朋₆兮，夫何煢獨₇而不予聽₈。

　　　　　　　　　　————節錄〈離騷〉

【註解】1.蒺：音瓷。
　　　　2.菉葹：菉，音綠，藎草，見54頁；葹，音失，蒼耳，見56頁。
　　　　3.判：區分。
　　　　4.服：佩帶。
　　　　5.户説：挨家挨户説明。
　　　　6.好朋：喜歡成群結黨。
　　　　7.煢：音窮，孤單。
　　　　8.不予聽：不聽我言。

【另見】〈七諫・怨思〉：江離棄於窮巷兮，蒺藜蔓乎東廂。
　　　　〈九歎・思古〉：甘棠枯於豐草兮，藜棘樹於中庭。

植物小檔案】

學名：*Tribulus terrestris* L.

科別：蒺藜科

一年生蔓狀草本。莖平臥，無毛或被毛。偶數羽狀複葉，小葉對生，3-8對，矩圓形，長0.5-1公分，寬0.2-0.5公分，表裡均被覆柔毛，全緣。花腋生，徑約1公分；花瓣5，黃色；花萼5，雄蕊10，生於花盤基部。果具5分果，中部邊緣有2銳刺，下部亦有2小銳刺，並常布有小瘤粒。產於全世界熱帶及亞熱帶地區，有時延伸至溫帶地區；常生長在沙地、開闊地、山坡、平澤以及道路旁。

蒺藜其他古書多作「茨」，如《詩經》「牆有茨不可埽也」、「楚楚者茨」等。「茨」與「薋」同，所指的植物都是蒺藜，有時簡稱爲「藜」。蒺藜果實具刺，由於常刺傷行人，古人多引喻爲不祥的事物。《易經》裡有「據于蒺藜」句，說「蒺藜之草，有刺而不可也，有凶傷之兆。」〈離騷〉將蒺藜、菉（藎草，見54頁）及葹（蒼耳，見56頁）三種植物歸類爲惡草；〈七諫〉：「蒺藜蔓乎東廂」，「東廂」原是「宮室所言，禮樂所在」，但如今卻長滿了惡草蒺藜，用以表示禮樂已失，且朝廷所用非人。

《博物志》：「歲欲旱，旱草先生，旱草謂蒺藜也。」由於在土地荒廢之處常見蒺藜蔓生，因此古人用以比喻荒年乾旱之兆。唐代姚合的〈莊居野行〉：「我倉常空虛，我田生蒺藜」，以及柳宗元的詩：「古道饒蒺藜，縈回古城曲」，都用蒺藜來描寫荒涼之景。

蒺藜的種子炒熟後，去掉外面的刺，可以磨成麵粉作爲救荒食物。在藥性方面，種子久服，可「長肌肉，明目輕身」。

右上：蒺藜果實具刺，古人常引喻為不祥的事物。
左下：土地荒廢之處常見蒺藜蔓生，因此用以表示荒年乾旱之兆。

【菉

1 今名：藎草

酎2酒盡歡，樂先故3些4。

魂兮歸來！反5故居些。

亂6曰：獻7歲發春兮汩8吾南征，

菉蘋齊葉兮白芷生。

————節錄〈招魂〉*

【註解】1.菉：音綠。

2.酎：音宙，酌酒。

3.先故：祖先與舊友。

4.些：語詞，無意義。

5.反：返也。

6.亂：樂曲最後一章，有總攝其要之意。

7.獻：進也。

8.汩：音古，疾速也。

【另見】〈離騷〉：薋菉葹以盈室兮，判獨離而不服。

【植物小檔案】

學名：*Arthraxon hispidus*
　　　（Thunb.）Makino

科別：禾本科

一年生禾草，稈細弱，高30-50公分，多分枝，莖節易生根。葉卵狀披針形，長2-4公分，寬0.8-1.5公分，基部心形，抱莖；葉鞘短於節間。花序總狀，長1.5-4公分，2-10枚花序呈指狀排列於頂端；有柄小穗退化成針刺狀，無柄小穗卵狀披針形，兩側扁壓，灰綠色或帶紫色。外稃透明膜質，近基部伸出長0.6-0.9公分之芒，芒下部扭轉。穎果長圓形。分布於全大陸各地及舊世界溫暖地區，台灣亦產，為常見的禾草。

藎 草分布極廣，《詩經》中稱爲「綠」或「菉竹」；《爾雅》稱爲「蓐」，《唐本草》則稱爲「菉蓐草」。古人採集枝葉供染色之用，主要用於染製黃色衣料。《唐本草》記載：「荊襄人煮以染黃，色極鮮好。」黃色是古代王者專用的顏色，居上位者常令百姓採集大量藎草供染製官服，因此藎草又有「王芻」（王者之草）一稱。

　　藎草的莖稈曬乾之後，可用於編製草籃。植株也具療效，用於治瘡洗瘡。藎草用途雖然不少，但〈離騷〉卻視之爲與薋（蒺藜，見52頁）和菉（蒼耳，見56頁）地位相同的惡草。究其原因可能與藎草到處可見有關，有些地區甚至還侵入農田耕地，妨礙作物生長。〈離騷〉：「薋菉葹以盈室兮」描寫雜草盈室的情形，當然是不好的象徵。相反的，〈招魂〉中，藎草和蘋（田字草，見78頁）、白芷（見18頁）並提則有正面含意。因爲田字草是古代蔬菜及祭祀用植物，而白芷則爲《楚辭》中的常見香草，都非惡草之流，既然三者並提，其地位與象徵意義均應一致。

左上：藎草常侵入農地，妨礙作物生長，〈離騷〉視之為惡草。
右下：莖稈可用於編製草籃，植株供製黃色染料，也常用於治療惡瘡。

【菜耳₁】

古又名：葹₂
今名：蒼耳

椒瑛兮湟汙₃，菜耳兮充房₄。

攝衣₅兮緩帶，操₆我兮墨陽₇。

昇車兮命僕，將馳兮四荒。

───節錄〈九思・哀歲〉*

【註解】1.菜：音洗。
　　　　2.葹：音失。
　　　　3.湟汙：污下之處。
　　　　4.充房：充滿房間。
　　　　5.攝衣：提起衣角。
　　　　6.操：持也。
　　　　7.墨陽：劍名。

【另見】〈離騷〉：薋菉葹以盈室兮，判獨離而不服。

【植物小檔案】
學名：*Xanthium sibiricum* Patrin.
科別：菊科

一年生草本，被短毛。葉三角狀卵形，長9-20公分，基淺心形至闊截形，兩面密被毛；常3淺裂，葉緣呈不規則鋸齒狀。雄花頭狀，頂生，排列成繖形；花冠白色。雌花序腋生：內層總苞囊狀。果無柄，由硬化的總苞所包

被，長橢圓形至卵形，長1-1.8公分，徑0.5-1.2公分，密被毛，並疏生其鉤的苞刺，先端2長喙。原產於歐洲至東亞，現分布於大陸大部分省區。

蒼耳又名胡菜、羊帶來、耳璫草，《詩經》稱為「卷耳」，《神農本草經》原名即「菜耳」。蒼耳原不產於中國，春秋戰國之前，經由羊毛或牛羊交易由邊疆傳入中土。每年春季結實，夏秋成熟。果實外

被倒鉤刺，形如婦人裝飾用的「耳璫」。植株常結實無數，成熟子實數量繁多，經常黏附在牲畜皮毛上，隨著動物遷移而傳播。其生育不擇土性，乾燥和潮濕地區均可隨處生長，傳入中土後即大量在中國各地滋長繁衍，成為難以防治的雜草，因此〈離騷〉、〈九思〉都用蒼耳以喻小人。

　　蒼耳到處可見，常生長在開闊的荒廢地上，也是古代野菜。古人採集其嫩葉幼苗，煮熟換水多次，除去苦味後再調油鹽食用。不過明代姚可成所撰的《食物本草》中說：「蒼耳草，如珥珠，挑菜女兒好孤悽。

妾家今年絕穀種，珥珠賣盡典寒衣。」可知蒼耳是荒年才不得不食的救荒本草。除供食用外，蒼耳也是重要藥材，《神農本草經》列為中品，入藥的部分為果實。

右上：蒼耳的果實外被倒鉤刺，形如「耳璫」，《楚辭》用以喻小人。
左下：蒼耳到處可見，常生長在荒廢土地上，古代也採集為菜蔬。

【扶桑

古又名：若木
今名：扶桑；朱槿

暾₁將出兮東方，照吾檻₂兮扶桑。

撫余馬兮安驅，夜皎皎兮既明。

駕龍輈₃兮乘雷，載雲旗兮委蛇₄。

長太息₅兮將上，心低迴兮顧懷₆。

羌₇聲色₈兮娛人，觀者憺₉兮忘歸。

————節錄〈九歌・東君〉

【註解】1.暾：音吞，初昇的太陽。

　　　　2.檻：音見，欄杆。

　　　　3.輈：音舟，車轅。

　　　　4.委蛇：音尾宜，長而曲之貌。

　　　　5.太息：歎息。

　　　　6.顧懷：回顧懷念，捨不得離開。

　　　　7.羌：發語詞。

　　　　8.聲色：形容載歌載舞的祭祀現場。

　　　　9.憺：音淡，安樂。

【另見】〈離騷〉：飲余馬於咸池兮，總余轡乎扶桑。

　　　　　　　　折若木以拂日兮，聊逍遙以相羊。

　　　　〈哀時命〉：衣攝葉以儲與兮，左袪挂於扶桑。

　　　　〈九歎・遠遊〉：貫澒濛以東撼兮，維六龍於扶桑。

【植物小檔案】
學名：*Hibiscus rosa-sinensis* L.
科別：錦葵科

常綠灌木，高可達5公尺。葉互生，闊卵形至狹卵形，長4-9公分，寬2-5公分，兩面光滑，葉柄長0.5-2公分，托葉2，顯著。花單生葉腋，下垂，柄有關節，小苞片6-7；萼鐘形，花冠漏斗形，長2公分，有星狀毛，5裂，徑6-10公分，玫瑰色、淡紅色或淡黃色。蒴果卵形，長2.5公分，有喙。分布於華南至中南半島，常栽培成綠籬植物。

扶桑又名朱槿、赤槿、日及，在中國已有一千多年的栽培歷史。扶桑為熱帶和亞熱帶植物，歷代文獻中最早提到扶桑的是《楚辭》，《詩經》並無扶桑。

古人視扶桑為神木，長在日出之處，即中國古老的神話所說：「金烏朝起扶桑，夜棲若木」，其中「金烏」即太陽。因此日出之國的日本又稱為扶桑國，唐代李德裕的詩〈泰山石〉：「雞鳴日觀望，遠與扶桑對」中的「扶桑」，指的就是日本。

扶桑花色有深紅、橘紅、粉紅、淡紅、黃白，是古今重要的觀賞花卉，昔日婦女喜摘扶桑花插於髮上裝飾，因此古人說扶桑「四時常開，婦人簪帶之」。扶桑花朝開暮合，古時又以紅花為多，因此又稱「朱槿」。重瓣者艷麗殷紅，形似牡丹，稱為「朱槿牡丹」。

據《嶺南雜記》記載：黑色紗裂褪色後，可以用搗碎的扶桑花枝塗抹，顏色會「復黑如初」。其莖皮富含纖維，可製作繩索。扶桑花可作蔬菜食用，《南越筆記》說：「其朱者可食，白者尤清甜滑，婦女常為蔬，謂可潤喉補血。」

右上：扶桑花色有多種，本圖是較為少見的橘黃品種。
左下：火紅的花朵可能是古人視扶桑為日出之樹的原因。

【薲茅

今名：旋花

索₂薲茅以筳篿₃兮，命靈氛₄為余占之。

曰兩美其必合兮，孰信脩₅而慕₆之。

思九州之博大兮，豈唯是₇其有女₈。

————節錄〈離騷〉

【註解】1.薲：音窮。

2.索：求取。

3.筳篿：筳，音廷；篿，音專。筳篿均為占卜用的竹板。

4.靈氛：神巫之名。

5.信脩：真正美好。

6.慕：追求。

7.是：此也，指楚國。

8.女：以宓妃等美女比喻志同道合者。

【植物小檔案】

學名：*Calystegia sepium*（Linn.）
R. Br.

科別：旋花科

多年生纏繞草本，莖有細稜，全株有乳汁。葉形變化大，三角狀卵形至闊卵形，長5-10公分，寬2-5公分，先端漸尖，基部戟形至心形；全緣或基部2-3裂。花單生葉腋；花冠漏斗狀，白色，有時粉紅色。蒴果卵形，長約1公分，為宿存苞片和萼片所包；種子黑褐色。全大陸各地區均產，分布在海拔100-2000公尺的開闊地、林緣等，亦廣泛分布於北美洲、歐洲、印尼及澳大利亞等地。

旋花《詩經》已有提及，例如「我行其野，言采其葍」，「葍」即〈離騷〉中的「薲茅」，也就是今日所稱的旋花。或說「葍花赤者為蔓」，意指開紅色花的旋花才是真正的「蔓」，而開白色花者為「葍」。事實上，土壤的酸鹼度及花朵生長的時間，都會影響其花色。

旋花屬植物共有二十五種，本種分布最廣，為大陸地區常見的植物。自《詩經》時代的黃河流域、戰國時代《楚辭》創作的長江流域，以至明代朱橚所撰寫的《救荒本草》等都曾提及，且說旋花「生於澤中，今處處有之」。

本植物根很多，與甘藷同科，根增粗形成貯藏根，洗淨後可直接蒸食，或曬乾磨製成粉，自古即為著名的救荒植物。

另解：「薲」同「瓊」，「薲茅」是指如美玉一般的茅草。由於茅草可用於占卜或供祭，地位如美玉般尊貴，故稱「薲茅」。因此〈離騷〉：「索薲茅以筵篿兮，命靈氛為余占之」，也可以解釋為：我找來如美玉般的白茅和細竹片，請女巫為我占卦。

右上：旋花的根常增大成貯藏根，可直接蒸食或曬磨成粉。
左下：〈離騷〉中的「薲茅」即旋花，分布於大江南北。

【茅

今名：白茅

或推迻₁而苟容₂兮，或直言之諤諤₃。

傷誠是之不察兮，并紉₄茅絲以為索₅。

方世俗之幽昏兮，眩₆白黑之美惡。

—————節錄〈惜誓〉*

【註解】1.迻：音移，轉移。
　　　　2.苟容：草率同意。
　　　　3.諤諤：音餓，直言爭辯貌。
　　　　4.紉：連綴。
　　　　5.索：粗大的繩子。
　　　　6.眩：迷惑。

【另見】〈離騷〉：蘭芷變而不芳兮，荃蕙化而為茅。
　　　　〈九思‧悼亂〉：茅絲兮同綜，冠屨兮共絇。

植物小檔案】

名：*Imperata cylindrica*
　　（Linn.）Beauv.

別：禾本科

多年生草本，有匍匐狀之發達根狀莖，稈直立，粗壯，高30-90公分。葉線形，長可達50公分，寬約1公分。圓錐花序呈緊縮穗狀，長5-20公分，頂生，有白色絲狀柔毛，小穗成對生於各節，一柄長、一柄短，各含2小花，僅一結實。雄蕊2；柱頭2，羽狀，紫黑色。產於亞洲之暖帶至溫帶地區，澳洲、非洲東部及南部亦有分布。

白茅在地下橫走的根狀物，其實是莖。此根狀莖柔韌有節，先民常用來製作繩索，此即〈惜誓〉所言：「紉茅絲以爲索」，意爲將高貴的蠶絲和粗俗的白茅合紉成一索，用以抱怨君王無法分辨忠貞。此

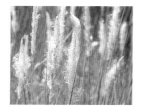

外，〈九思・悼亂〉之「茅絲兮同綜」，同樣也用白茅和絲共同紡織，來感歎世道混亂。由此可見春秋戰國時期的楚地，以茅莖製索相當普遍。

白茅在低海拔地區到處可見，其根狀莖發達，在土中到處蔓延。花序圓錐狀，著生許多細小種子；種子上有絲狀白毛，成熟時自花軸斷落，隨風飄逸飛揚，到處傳播子代，是擴張性強的草類。

白茅不擇土性，在貧瘠的土地上，其他植物很難與白茅競爭，尤其是發生火災的地區，災後白茅的地下根狀莖極易重新發芽。因此，很多荒廢地都形成以白茅爲優勢的植物群落，常占據大面積的生育地。

〈離騷〉：「蘭芷變而不芳兮，荃蕙化而爲茅」，侵略性強且到處蔓生的白茅逐漸攻占香草的生存空間，爲劣幣逐良幣的官場寫照。

左上：白茅的種子長有絲狀白毛，成熟時自花軸斷落，隨風到處傳播。
右下：許多荒廢地常見成片生長的白茅群落。

【艾

今名：野艾；五月艾

戶服₁艾以盈要₂兮，謂幽蘭其不可佩。

覽察草木其猶未得兮，豈珵₃美之能當？

蘇₄糞壤以充幃₅兮，謂申椒₆其不芳。

————節錄〈離騷〉

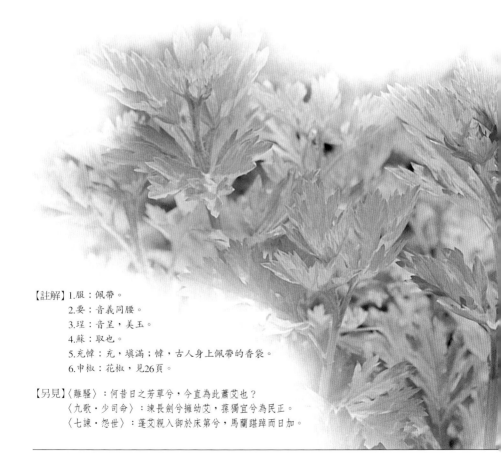

【註解】1.服：佩帶。
　　　　2.要：音義同腰。
　　　　3.珵：音呈，美玉。
　　　　4.蘇：取也。
　　　　5.充幃：充，填滿；幃，古人身上佩帶的香袋。
　　　　6.申椒：花椒，見26頁。

【另見】〈離騷〉：何昔日之芳草兮，今直為此蕭艾也？
　　　　〈九歌·少司命〉：竦長劍兮擁幼艾，蓀獨宜兮為民正。
　　　　〈七諫·怨世〉：蓬艾親入御於床第兮，馬蘭踸踔而日加。

【植物小檔案】
學名：*Artemisia indica* Willd.
科別：菊科

半灌木狀多年生草本，高60-120公分，全株有濃烈香氣。基生葉卵形至長卵形，一回淺裂至二回羽狀深裂，表面被灰色短柔毛，背面密被白色絨毛。頭花徑約0.2公分，在莖頂排成穗狀的總狀花序或形成圓錐花序。分布於全大陸低至中海拔之開闊地、山坡、草原等地，蒙古、朝鮮半島、中南半島及印度亦產。

眞正的「艾」（*Artemisia argyi* Levl. *et* Vant.）又名醫草、冰台、黃草、艾蒿，自古即爲有名的醫用本草。除了用於針灸治病外，又可「生肌肉、使人有子」。醫藥使用的艾草，以生長多年的植株爲

佳，即孟子所說：「七年之病求三年之艾」。古人也相信，隨身佩帶艾草或懸掛在住家門口可以辟除邪氣。

《楚辭》中提到「艾」卻多是負面評價，用來作爲香草的反襯，例如〈離騷〉：「戶服艾以盈要兮，謂幽蘭其不可佩」，用香草「蘭」來對比「艾」。這種情形也出現在漢代張衡的〈思玄賦〉：「寶蕭艾於重笥兮，謂蘭蕙之不香」。如前所述，艾不論是在醫用或辟邪上都很受重視，但《楚辭》卻視之爲異物，可見上述詩文中所指的「艾」並非眞正的艾，而是艾屬（*Artemisia*）中到處日蔓生，形成雜草的野艾等。

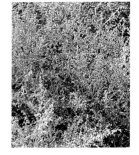

野艾形態類似艾（家艾），分布範圍亦廣，常在野地形成廣大的片狀群落。植株亦含揮發油，可入藥，有清熱、解毒、止血、消炎的功效，在各地均採集作爲艾的代替品。

左上：野艾的花序長在植株頂端，有時會形成圓錐狀花序。
右下：野艾到處可見，在野地中常長成廣大的片狀群落。

【蓀

古又名：荃
今名：菖蒲

秋蘭兮麋蕪₂，羅生₃兮堂下。

綠葉兮素枝₄，芳菲菲₅兮襲予。

夫₆人自有兮美子₇，蓀何以兮愁苦？

　　　　　　———節錄〈九歌・少司命〉

【註解】1.蓀：音孫。
　　　　2.麋蕪：麋，音迷；麋蕪，芎藭，見16頁。
　　　　3.羅生：羅列生長。
　　　　4.素枝：枝一作華，花也。素枝指純淨潔白的花。
　　　　5.菲菲：香氣濃郁貌。
　　　　6.夫：發語詞。
　　　　7.美子：美好的子孫。

【另見】〈離騷〉：蘭芷變而不芳兮，荃蕙化而為茅。
　　　　〈九歌・湘君〉：薜荔柏兮蕙綢，蓀橈兮蘭旌。
　　　　〈九歌・湘夫人〉：蓀壁兮紫壇，播芳椒兮成堂。
　　　　〈九歌・少司命〉：竦長劍兮擁幼艾，蓀獨遺兮為民正。
　　　　〈九章・抽思〉：數惟蓀之多怒兮，傷余心之慢慢。
　　　　　　　　　　　　茲歷情以陳辭兮，蓀詳聾而不聞。
　　　　　　　　　　　　何毒藥之謇謇兮，願蓀美之可完。
　　　　〈九歎・惜賢〉：結桂樹之旖旎兮，紐荃蕙與辛夷。
　　　　〈九歎・愍命〉：掘荃蕙與射干兮，耘藜藿與蘘荷。

【植物小檔案】
學名：*Acorus calamus* L.
科別：天南星科

多年生草本，根狀莖粗壯，全株有香味。葉二列式排列，劍形，長60-80公分，寬1-1.5公分，具突起中肋，葉基部相互包圍，葉鞘有膜質邊緣。花序基生，具葉狀佛焰苞，肉穗花序圓柱形，長4-7公分，徑0.6-1公分，花密生。果成熟時紅色，緊密靠合。分布於東北、華北、新疆、華中、華南及西南，台灣亦產。

菖蒲的分布遍及大江南北，凡有水澤之處就可見其生長。全株具有特殊香味，根狀莖入藥，為芳香的健胃劑，自古即列為香草。菖蒲在《楚辭》中除了是香草的一員外，也用以尊稱君王，如〈九歌·少司命〉之「蓀何以兮愁苦」及〈九章·抽思〉之「數惟蓀之多怒兮」等，都是以「蓀」為第二人稱的尊稱。

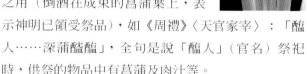

　古代祭祀時使用菖蒲供「縮酒」之用（倒酒在成束的菖蒲葉上，表示神明已領受祭品），如《周禮》〈天官冢宰〉：「醢人……深蒲醓醢」，全句是說「醢人」（官名）祭祀時，供祭的物品中有菖蒲及肉汁等。

　詩文中單提「蒲」字時，有時難以辨別是香蒲（見104頁）或菖蒲，因兩者外形類似。唯菖蒲植株香味濃烈，葉色深綠至墨綠，而香蒲葉揉之無香味，色澤淡綠至翠綠，仔細辨別可以區分異同。唐代貫休的〈春晚書山家屋壁〉：「水香塘黑蒲森森」中的「蒲」

所指為菖蒲，因菖蒲葉色較深；王維的〈寒食城東即事〉：「演漾綠蒲涵白芷」之「綠蒲」也可推斷為菖蒲，因菖蒲香味濃郁，可與香草白芷並提。

右上：菖蒲的圓柱形肉穗花序，其葉狀佛焰苞幾乎與葉片等長。
左下：菖蒲全株具濃烈香味，常生長在水澤之中。

今名：紫草

築室兮水中，葺₁之兮荷蓋₂。

蓀₃壁兮紫壇，播芳椒兮成堂₄。

桂棟兮蘭橑₅，辛夷₆楣兮藥房₇。

罔₈薜荔兮為帷，擗₉蕙櫋₁₀兮既張。

————節錄〈九歌・湘夫人〉

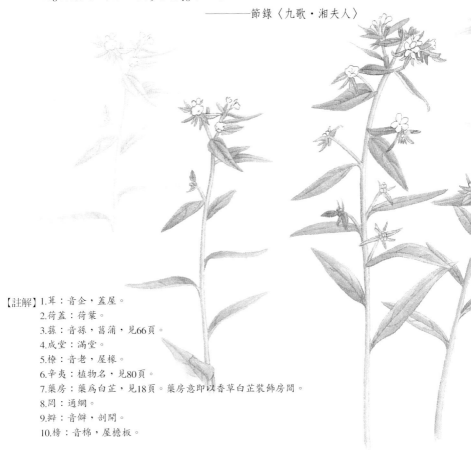

【註解】1.葺：音企，蓋屋。
　　　　2.荷蓋：荷葉。
　　　　3.蓀：音孫，菖蒲，見66頁。
　　　　4.成堂：滿堂。
　　　　5.橑：音老，屋椽。
　　　　6.辛夷：植物名，見80頁。
　　　　7.藥房：藥爲白芷，見18頁。藥房意即以香草白芷裝飾房間。
　　　　8.罔：通網。
　　　　9.擗：音僻，剖開。
　　　　10.櫋：音棉，屋檐板。

【植物小檔案】
學名：*Lithospermum
erythrorrhizon* Sieb. *et*
Zucc.

科別：紫草科

多年生草本，高可達90公分。全株被粗毛，根紫色。葉互生，長橢狀披針形至卵狀披針形，長3-6公分，寬0.5-1.2公分，兩端尖，兩面均有短糙毛；全緣或不規則波狀緣；幾無柄。蠍尾狀聚繖花序集生於莖頂；花冠白色，筒狀，先端5裂，喉部有5鱗片，基部有毛；雄蕊5；柱頭二裂。小堅果卵形。分布於華中、華北、東北、朝鮮半島及日本。

紫草古稱「茈草」，又名紫丹、紫芙等，植物體含紫色結晶物質，自古即為著名的染料植物。根紫色，用以「染紫」，《周禮》中已提到紫草，如《周禮注》云：「染草，（有）茅鬼、橐盧、豕首、

紫莂之屬」，其中「紫莂」即紫草。不過以紫草製作染料，要算準採集時間，李時珍《本草綱目》說：未開花之間採集，根色鮮明，品質最好；相反地，花凋後才採集，則「根色黯惡」，已不適合製成染料。

《神農本草經》也有紫草的記載，可製成軟膏塗治瘡癬，並可治療斑疹豆毒、水泡及各種外傷。《抱朴子》說：「黃金成一丸，以紫草煮一丸，咽其汁，則百日不饑。」則是道教方士子虛烏有的說法。

紫色在古代是位高權重的象徵，如漢代相國、丞相均「金印紫綬」，所佩帶的「紫綬」就是以紫草染色。由於染料需求甚殷，紫草遂成為高經濟價值的植物，古有「種紫一畝，可敵穀田一頃」之說。

「紫」除解為紫草外，亦有解為「紫貝」者。若依後者，則「紫壇」可解為由紫貝砌成的中庭。全篇文意無損，此說亦可參考。

左上：紫草含紫色結晶物質，自古即為著名的染料植物。
右下：紫草開白花，排成尾端卷曲的蠍尾狀聚繖花序。

【蕭

今名：牛尾蒿

蘭芷變而不芳兮，荃₁蕙化而為茅。

何昔日之芳草兮，今直₂為此蕭艾也？

豈其有他故₃兮，莫好脩之害₄也。

————節錄〈離騷〉

【註解】1.荃：音全，菖蒲，見66頁。
　　　　2.直：簡直，竟然。
　　　　3.故：原因。
　　　　4.莫好脩之害：不愛惜美好之物所害。

【植物小檔案】
學名：*Artemisia dubia* Wall. ex
　　　Bess
科別：菊科

多年生草本，高達1公尺。莖叢生，基部木質，嫩枝被短柔毛。葉紙質，卵形至長圓形，不分裂至羽狀5深裂。表面疏短柔毛，背面被密毛，長5公分，寬3-5公分。基部葉在花期萎謝。頭花在小枝上排成穗狀或總狀花序，雌花6-8朵，兩性花2-10朵。瘦果倒卵形，無毛。產於內蒙古、甘蕭、河南及華中、華南低海拔至3500公尺山區的草原及林緣。

蕭可能泛指菊科艾屬（*Artemisia*）植物，包括白蒿、牡蒿、茵陳蒿、黃花蒿等，由〈離騷〉中以「芳草」來對比「蕭艾」也可證明。上面引文中的「蕭艾」，許多版本如洪興祖之《楚辭補註》、朱熹之

《楚辭集註》均無「蕭」字；而王逸的《楚辭章句》則「蕭艾」兩字均引之，可見「蕭艾」在古人眼中應為一類相似的植物。

　　艾屬植物常在荒廢地上成群生長，植株極易到處繁衍。野地中雜亂無章的艾草景象，當然無法與人工栽培、氣味芬芳的香草相提並論，所以屈原才會說：「何昔日之芳草兮，今直為此蕭艾也？」視「蕭艾」為惡草。

　　「蕭」或專指牛尾蒿，全株香氣濃郁，古人常採集枝葉曬乾後混合動物油脂，燃燒作祭祀之用，類似今日所用的香炷。不過，如果「蕭」解為古代供祭神明且植株又具香氣的牛尾蒿，那麼〈離騷〉提到「蕭」時應列為香草才對。所以本處「蕭艾」還是解為不特定種的艾屬植物為宜。

左上：「蕭」可能泛指菊科艾屬植物，此為其中一種。
右下：牛尾蒿斜出的穗狀花序，形如牛尾，因此有牛尾蒿一名。

【樧】
₁今名：食茱萸

椒專佞₂以慢慆₃兮，樧又欲充夫佩幃₄。

既干₅進而務入兮，又何芳之能祗₆。

固時俗之流從兮，又孰能無變化。

————節錄〈離騷〉

【註解】1.樧：音殺。
　　　　2.專佞：專橫詔媚。
　　　　3.慆：音滔，傲慢。
　　　　4.佩幃：當作佩飾的香袋。
　　　　5.干：追求。
　　　　6.祗：音枝，恭敬。

【植物小檔案】
學名：*Zanthoxylum ailanthoides*
　　　S. *et* Z.
科別：芸香科

落葉喬木，幹和枝有瘤刺。奇數羽狀複葉，小葉9-27，厚紙質，橢圓形至長橢圓形，長7-12公分，寬2-4公分，邊緣淺鈍鋸齒；葉面布滿透明油點。頂生繖房狀圓錐花序；花小、單生，淡綠色，花瓣花萼均5片。蓇葖果成熟時紅色，頂端有短喙；種子棕黑色，有光澤。分布於華南地區，台灣亦產，生長在中低海拔森林中。

上文以椒、椒相對應。椒又稱艾子、欓子或辣子，即今日所稱的食茱萸；椒即指野花椒或花椒（見26頁），同屬芸香科，全株都具有香味，果實均用作菜餚調料。食茱萸果實（種子）辛辣如花椒，「宜入食羹中，能發辛香，去臭味」；也可醃製成果品，遠寄他地贈友。《楚辭》中用以比喻忠貞和正直。

　　文中「椒專佞以慢慆兮」，以椒比喻原應為忠臣或賢才之人，卻變得專橫、諂媚又傲慢。「椒又欲充夫佩幃」，表面文意是說將食茱萸放入佩飾的香袋中，其實也是暗諷昔日之賢才，今日卻皆以追求官祿、親佞其君為重，不能恪守原有志節，淪為如香袋般只供裝飾之用。前後兩句均可看出屈原欲振乏力、孤掌難回天的無奈和沮喪。

　　食茱萸枝葉香味濃郁，古人也取用為辟邪之物，除重陽登高，會佩帶食茱萸香囊禳災外，平日也會「懸

茱萸於屋」，使鬼魅畏忌不敢入。《雜五行書》：「舍種白楊、茱萸三根，增年益壽，除患害也。」按照此說，屋前栽植食茱萸甚至還可延年益壽了。

右上：食茱萸枝幹、葉柄及葉背均具刺。
左下：食茱萸枝葉及果均有香氣，是《楚辭》中的香木。

【白蘋

古又名：蘋草
今名：水毛花

登白蘋₁兮騁望，與佳期₂兮夕張₃。

鳥萃₄兮蘋中，罾₅何為兮木上。

沅有茝₆兮醴有蘭，思公子兮未敢言。

—————— 節錄〈九歌·湘夫人〉

【註解】1.蘋：音煩。

2.佳期：與佳人有約。

3.夕張：為黃昏時的會面而張羅準備。

4.萃：聚集。

5.罾：音增，方形魚網。

6.茝：讀為柴之第三聲，白芷，見18頁。

【另見】〈招隱士〉：青莎雜樹兮蘋草靃靡，白鹿麏麚兮或騰或倚。

植物小檔案】
學名：*Scirpus triangulates* Roxb.
科別：莎草科

多年生草本。根狀莖短，具細長之鬚根。莖稈叢生，高可達1公尺，三稜形。葉退化成2枚葉鞘，生於稈基。小穗5-9，聚生成頭狀，卵形至披針形，長0.8-1.5公分；鱗片卵形至橢圓形，長約0.4公分，淡棕色，具紅棕色紋，剛毛6；雄蕊3；柱頭3。小堅果倒卵形，長0.2公分，有三稜，外有皺紋。分布遍及大陸各省，朝鮮半島、日本、中南半島亦產，生長在水塘、湖泊及溪邊沼澤地。

按〈九歌・湘夫人〉：「登白蘋兮騁望」，字面意思是登上長滿「白蘋」的地方極目四望；〈招隱士〉：「青莎雜樹兮蘋草靃靡」，「青莎」、「雜樹」叢生，旱生植物對旱生植物，又云蘋草雜亂

不堪，則蘋草應爲水生或澤生較爲合理。因此，「白蘋」、「蘋草」宜解爲水生植物。又根據《山海經郭璞注》的說法：「蘋，青蘋，似莎而大」，可知「蘋」爲莎草類植物。

　　古籍所言之「蘋」應爲當時常見且能形成大片族群的種類。分布很廣的水毛花符合此條件，在華中地區或華南地區海拔一千公尺以上的濕地、沼澤、水塘、溪流沿岸均可見之。由於水毛花莖稈堅韌，古人常採集作爲蒲包材料，有時作爲繩索。

　　水毛花形態變異大，有下列變種：產於雲南、稈高大且稜呈翅狀的三翅水毛花（var. *trialatus* Tang *et* Wang）；產於台灣、稈稜亦呈翅狀且具橫脈的台灣水毛花（var. *tripteris* Tang *et* Wang），以及產於雲南海拔三千公尺以上的紅鱗水毛花（var. *sanguineus* Tang *et* Wang）等。

左上：水毛花的花在莖稈近末端處聚生成頭狀。
右下：在華中、華南的濕地、沼澤、水塘中常見水毛花成群生長。

【杜若

古又名：若
今名：高良薑

采₁芳洲兮杜若，將以遺₂兮下女₃。

時不可兮再得，聊逍遙兮容與₄。

―――――節錄〈九歌・湘君〉

【註解】1.采：音義同採。

2.遺：音未，贈送。

3.下女：湘君的侍女。

4.容與：從容閒適貌。

【另見】〈九歌・湘夫人〉：搴汀洲兮杜若，將以遺兮遠者。

〈九歌・山鬼〉：山中人兮芳杜若，飲石泉兮蔭松柏。

〈九章・惜往日〉：自前世之嫉賢兮，謂蕙若其不可佩。

〈九章・悲回風〉：惟佳人之獨懷兮，折若椒以自處。

〈七諫・自悲〉：飲菌若之朝露兮，構桂木而為室。

〈九歎・怨思〉：菀蘼蕪與菌若兮，漸藁本於洿瀆。

〈九歎・惜賢〉：握申椒與杜若兮，冠浮雲之峨峨。

〈九思・憫上〉：懷蘭英兮把瓊若，待天明兮立躑躅。

植物小檔案】
學名：*Alpinia officinarum* Hance
科別：薑科

多年生草本，高50-110公分。葉披針形至倒披針形，長30-40公分，寬4-7公分，背面被短柔毛，葉舌2裂。總狀花序頂生，長15-30公分：花白色帶紅，成對著生於密被毛絨的花軸上：唇瓣白色且具紅色條紋。果球形，徑1-1.5公分，被短柔毛，為橙紅色。分布於福建、浙江、江西、湖南以及日本之林下陰濕處。

古藉中的「杜若」或「杜」常錯解爲鴨跖草科的杜若（*Poslia japonica* Hornst.），這種杜若開白花，喜生陰濕之地，全株並無香氣。《楚辭》各章所指的「杜若」則是香草，如〈九歌・山鬼〉之「山中人兮芳杜若」，直指杜若是芳草；其他各章提及之杜若或若均與蕙（九層塔，見30頁）、桂木（見124頁）等香草或香木一起出現。由此可知，起碼《楚辭》中的「杜若」絕對不是鴨跖草科的杜若。

　　根據前人醫書及相關的解經著作，「杜若」應解爲薑科的高良薑或山薑，如《本草圖經》說：「杜若似山薑……正是高良薑」；《補筆談》說：「杜若即今之高良薑……取高良薑中之小者爲杜若」；《本草綱目》也說：「或以大者爲高良薑，細者爲杜若……楚地山中時有之。」《植物名實圖考》又說：此物乃「滇中豆蔻耳」。山薑、豆蔻或高良薑三者均屬於薑科，植株全有香味，但以支持高良薑即「杜若」的說法最多。此外，高良薑也符合《楚辭》所說的香草類，因此應爲「杜若」所指的植物種類。

左上：山薑類紅色的果實。山薑有時也被當成杜若。
右下：高良薑即是詩文中出現的「杜若」，全株具香氣。

【蘋

今名：田字草

歲曶曶₁其若頽兮，皆₂亦冉冉而將至。

蘋蘅槁而節離₃兮，芳以歇₄而不比₅。

　　　　　　　　　——節錄〈九章·悲回風〉

【註解】1.曶：音忽，形容時間流逝之快。
　　　　2.皆：音義同時。
　　　　3.節離：葉枯槁後離枝凋落。
　　　　4.歇：盡也。
　　　　5.不比：不如往昔之意。

【另見】〈九歌·湘夫人〉：鳥萃兮蘋中，罾何為兮木上？
　　　　〈招魂〉：蔓蘋齊葉兮白芷生。

【植物小檔案】
名：*Marsilea quadrifolia* L.
別：蘋科

多年生水生草本，根狀莖蔓生水中，頂端有深棕色毛，莖節處生葉及根。葉裂成四片小葉，排成田字形，葉柄長5-20公分。孢子囊果著生於葉柄基部，橢圓形，有短柄，上生密毛。大孢子囊和小孢子囊同生於一孢子囊果內，以孢子繁殖。分布於華北、華中、華南及世界其他溫帶至熱帶地區，生長在水田、溝渠以及水池中。

古人「蘋」和「浮萍」不分，說「粗大者，謂之蘋，小者曰浮萍。」其實兩者是完全不同的植物。「蘋」即今之田字草，根莖固定在水中泥地上，葉初生時浮在水上，隨後即挺立在水面上，植株不會

隨水流移動。浮萍則不然，葉面下的根較短，不得不漂浮在水面上。在分類上，「蘋」屬蕨類，而「浮萍」則屬被子植物。

《詩經》、《楚辭》、唐詩、宋詞、元曲，以至於明清時代的詩歌中經常會出現「蘋」這種植物。古人採其春季的幼芽蒸食之，不但是名貴的荣餚，也是祭祀佳品，正如三國時代劉楨〈贈從弟〉詩所言：「采之薦宗廟，可以羞嘉客」。白居易的〈井底引銀瓶〉中也說：「不堪主祀奉蘋蘩」，其中「蘩」指白蒿，和「蘋」一樣都是古代供祭用的食品。

田字草在淺水中到處可見，詩篇中大多用來寫景或比擬心情，如張籍的〈江南春〉句：「渡口遇新雨，夜來生白蘋」，以及鄭德瑋的〈吊江姝〉句：「淚滴白蘋君不見，月明江上有輕鷗」等，既寫景又寫情。

左上：「蘋」即今日所稱的田字草，常出現在古詩文中。
右下：在古代，田字草不但是名貴菜蔬，也是祭祀佳品。

【辛夷】

古又名：新夷
今名：紫玉蘭；
　　　木筆

鸞鳥鳳凰，日以遠₁兮。

燕雀烏鵲，巢₂堂壇兮。

露申辛夷，死₃林薄₄兮。

腥臊₅並御，芳不得薄₆兮。

陰陽易位₇，時不當兮。

懷信侘傺₈，忽₉乎吾將行兮。

　　　　　————節錄〈九章・涉江〉

【註解】1.日以遠：一天天遠離。
　　　　2.巢：築巢。
　　　　3.死：枯槁。
　　　　4.薄：叢生之草。
　　　　5.腥臊：惡臭污濁之物。
　　　　6.薄：靠近。
　　　　7.陰陽易位：指忠奸顛倒，小人得志。
　　　　8.侘傺：音岔斥，悵然失意貌。
　　　　9.忽：恍惚。

【另見】〈九歌・湘夫人〉：桂棟兮蘭橑，辛夷楣兮藥房。
　　　　〈九歌・山鬼〉：乘赤豹兮從文貍，辛夷車兮結桂旗。
　　　　〈七諫・自悲〉：雜橘柚以為囿兮，列新夷與椒楨。
　　　　〈九懷・尊嘉〉：江離兮遺捐，辛夷兮擠臧。
　　　　〈九歎・惜賢〉：結桂樹之旖旎兮，紉荃蕙與辛夷。

【植物小檔案】
學名：*Magnolia liliflora* Desr
科別：木蘭科

落葉灌木，高3公尺。芽卵形，密被淡黃色柔毛。葉互生、橢圓狀倒卵形至倒卵形，長8-18公分，寬3-10公分，先端漸尖，基部漸窄，全緣，兩面光滑無毛。花葉同時開放，單生枝頂；花被片9，外輪3枚萼狀，線形；內2輪較大，紫色或紫紅色；雄蕊多數；心皮多數。蓇葖果聚合成圓柱形果序。主要產於長江流域，生長在山坡或山溝雜木林內。

辛夷或作「新夷」，是有名的藥用植物和香花植物。辛夷供作藥用的部分是花蕾，前一年秋季生成在幼枝頂端，外面包以密生灰白色毛的苞片。木蘭科有數種木蘭植物花蕾有毛，都當成「辛夷」來使用。因此「辛夷」所指的植物應該不只一種，最常用的是紫玉蘭。

紫玉蘭的花蕾初生時形狀似筆，北方人稱為「木筆」。農曆正二月開花，是木蘭類植物最早開花的樹種，南方人因此稱為「迎春花」。其餘當作辛夷使用的植物尚有玉蘭（*Magnolia denudata* Desr.）、湖北木蘭（*M. sprengerii* Pamp.）、辛夷（*M. fargesii* Cheng.）等，這些植物的花蕾均「初生如荑，而味辛也」，《神農本草》早已記載。由於花蕾形狀毛茸茸有如幼桃，因此又名「侯桃」。

漢代揚雄的〈甘泉賦〉中有「列新雉於林薄」句，「新雉」即今之辛夷。唐代詩人王維在其輞川別墅中置有「辛夷塢」；杜甫的詩則有「辛夷始花亦已落」句。可見辛夷類植物分布甚廣，用途受到普遍重視。

右上：紫玉蘭含苞待放的花蕾，形似毛筆尖，因此有「木筆」一名。
左下：紫玉蘭的蓇葖果集合成長形聚合果。

【石蘭

今名：石斛；
　　　金釵石斛

乘赤豹兮從文貍₁，辛夷₂車兮結桂旗。

被石蘭兮帶杜衡₃，折芳馨兮遺₄所思。

余處幽篁₅兮終不見天，路險難兮獨後來₆。

————節錄〈九歌・山鬼〉

【註解】1.文貍：有花紋的野貓。
　　　　2.辛夷：植物名，見80頁。
　　　　3.杜衡：香草名，見38頁。
　　　　4.遺：音未，贈送。
　　　　5.幽篁：幽深的竹林。
　　　　6.後來：遲到。

【另見】〈九歌・湘夫人〉：白玉兮為鎮，疏石蘭兮為芳。

【植物小檔案】
學名：*Dendrobium nobile* Lindl.
科別：蘭科

多年生著生草本，高可達50公分。莖叢生，直立，上部回折，稍扁，基部窄而圓，徑可達1.2公分，具槽紋，多節。葉近革質，長圓形，長6-10公分，寬1-3公分，先端凹，稍偏斜，葉稍抱莖。花序總狀，生於莖上部節上，基部總苞一對，花1-4朵，花大，徑6-8公分，白色，先端淡紅或淡紫色，唇瓣卵圓形，微波狀緣，基部有深紫斑塊，兩側有紫色條紋。分布於湖北、兩廣及西南各地，台灣亦產。

石蘭係指生長在岩石上的蘭花，即今日所稱的「石斛」。石斛種類很多，全世界約有九十多種，分布在熱帶及亞熱帶地區，產地包括亞洲、澳洲

及太平洋群島，許多種類已成為重要的觀賞植物。

《楚辭》等古籍所提到的石斛，主要是指金釵石斛（*Dendrobium nobile*）。《本草綱目》說：「其莖狀如金釵」，因此而得名。這個種類分布極廣，經長期栽培已培植出許多變種，花色從白色、黃白色、粉紅色至深紫色不一而足，每一變種均帶清香怡人的香氣。由於石斛類花富有香氣，且花色美麗脫俗，因此《楚辭》納入香草之列，與杜蘅（見38頁）並提。

石斛莖含豐富的生物鹼，自古即為重要的中醫藥材，《神農本草經》列為上品。直至今日，石斛仍是不可或缺的藥材。中藥使用的石斛，除金釵石斛之外，還包括馬鞭石斛、環草石斛、黃草石斛、鐵皮石斛等多種。其中鐵皮石斛（*D. candidum* Wall. *ex* Lindl.）華中地區亦有分布，可能也是《楚辭》所指的「石蘭」。

左上：古籍所提到的石斛，主要是指金釵石斛。
右下：「石蘭」係指生長在岩石上的蘭花，即今之石斛。

【枲

古又名：麻；䔛[2]
[1]今名：大麻

焉[3]有虬龍，負[4]熊以遊。雄虺[5]九首，倏忽焉在？

何所不死[6]，長人何守[7]？靡蓱[8]九衢[9]，枲華安居[10]？

――――節錄〈天問〉

【註解】1.枲：音洗。

　　　　2.䔛：音鄙。

　　　　3.焉：何處。

　　　　4.負：馱也。

　　　　5.虺：音毀，毒蛇的一種。

　　　　6.何所不死：何處有不死之國。

　　　　7.長人何守：長人，巨人。全句為傳說中的巨人住在何處。

　　　　8.靡蓱：靡，四散貌；蓱，古萍字。

　　　　9.九衢：衢，音渠，本義是四通八達的道路，此處用以形容枝葉交錯。

　　　　10.枲華安居：麻花長在何處。

【另見】〈九歌・大司命〉：折疏麻兮瑤華，將以遺兮離居。

　　　　〈七諫・謬諫〉：菎蕗雜於䔛蒸兮，機蓬矢以射革。

　　　　〈哀時命〉：菎蕗雜於䔛蒸兮，機蓬矢以射革。

植物小檔案】
名：*Cannabis sativa* L.
別：大麻科

一年生草本，高1-3公尺，莖表面有縱溝，灰綠色，枝密被灰白色伏毛。葉掌狀全裂，裂片5-7，披針形至線狀披針形，互生，葉緣有粗鋸齒，表面為深綠色，被疏粗毛；莖下部葉對生。雌雄異株，雄花形成圓錐花序，黃綠色，雌花常叢生，綠色。果為瘦果，表面有細網紋。產於印度、錫金、尼泊爾、中亞細亞，世界各地均有栽培。

麻　即大麻，有雌雄之分，雄麻稱「枲」，莖皮纖維較雌麻強韌，是古代主要的織布原料，用於織造夏衣，織成的衣物潔白如雪。雌麻則稱「苴」，供採食種子之用。種子古稱「蕡」或「黂」，在糧食不足時可供食用止飢，今稱「火麻仁」，供榨油及藥用。雌麻在結實後，纖維變粗硬，只能用以製作喪服、喪帶。供作纖維材料的雄麻宜在農曆五月採收，秋季之後只有雌麻尚未枯萎，在麻子採收後，也可兼採纖維，這種稱為「秋麻」的纖維，顏色比較青暗。

〈天問〉篇的「枲」指的是上等雄麻；〈九歌‧大司命〉篇的「麻」則未分雌雄，由於麻花為黃白色，與白玉（瑤）色澤相近，因此稱為瑤華。至於〈七諫‧謬諫〉及〈哀時命〉中所提到的「黂」，則是指去皮的麻稈。古代用乾麻的莖綑紮成束，加上動植物

的油脂製成火炬，即文中所說的「黂蒸」，「蒸」在此為造燭之意。「菎蕗雜於黂蒸兮」意思是說菎蕗（箭竹，見174頁）和麻稈混雜製成火炬，用以寄寓對君王良莠不分、是非不明的無奈之感。

右上：開花之前的大麻，莖皮纖維強韌，適合織造夏衣。
左下：麻稈去皮後，即《楚辭》所言之「黂」，細紮成束加上動物油脂可製成火炬。

【女羅】

今名：松蘿

若₁有人兮山之阿₂，被₃薜荔兮帶女羅。

既含睇兮又宜笑，子慕予兮善窈窕。

乘赤豹兮從文貍，辛夷₄車兮結桂旗。

被石蘭兮帶杜衡₅，折芳馨兮遺₆所思。

————節錄〈九歌・山鬼〉

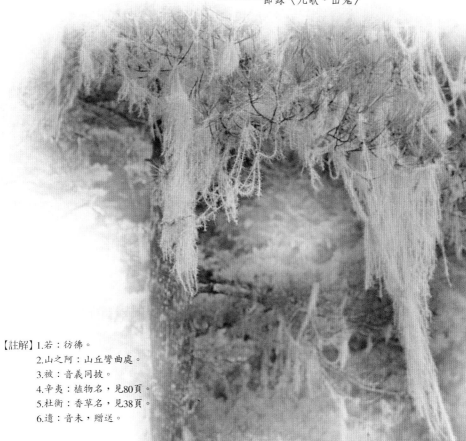

【註解】1.若：彷彿。
　　　　2.山之阿：山丘彎曲處。
　　　　3.被：音義同披。
　　　　4.辛夷：植物名，見80頁。
　　　　5.杜衡：香草名，見38頁。
　　　　6.遺：音未，贈送。

【植物小檔案】
學名：*Usnea diffracta* Vain
科別：松蘿科

松蘿為藻和菌共生的絲狀地衣，全體淡灰綠色，長絲狀，常纏繞成團，植物體長15-40公分；主枝基部直徑0.8-1.5公釐，向下呈二叉狀分枝，至先端漸細，細如頭髮，表面灰綠色或黃綠色。較粗的枝表面有明顯的環狀裂紋，用手拉之略能伸長，而開裂露出強韌的中軸。子囊果盤狀，褐色，子囊內有8個孢子。產於全大陸、日本、朝鮮半島及台灣。

女羅有解爲菟絲者，但陸機的《草木疏》說：「在草曰菟絲，在木曰女蘿」，因此〈九歌・山鬼〉中盤繞在薜荔（木質藤本）上的女蘿應該是經常被覆在樹上的松蘿。此外，薜荔一般生長在潮濕環境，松蘿的生長習性亦同，而菟絲

卻偏愛陽光強烈且較乾燥的生育環境。《植物名實圖考長篇》也說松蘿又稱「女蘿」。綜上所述，本篇之「女蘿」宜解爲松蘿。

自《詩經》以降，古代詩詞以松蘿作爲起興或比擬的文句很多，如《詩經》〈小雅・頍弁〉：「蔦與女蘿，施于松上」，以松蘿附生在松樹上來比喻女人依附夫婿。古人總認爲松蘿「山東甚多，生雜樹上，而以松上者爲眞。」這種看法大概是受到《詩經》的影響，以爲長在松樹上的松蘿才是詩詞所言之「女蘿」。其實在雲霧帶的松柏類植物、闊葉樹如殼斗科植物上經常可以見到松蘿附生。

〈九歌・山鬼〉以身披薜荔、腰繫松蘿的山神（山鬼）造型來凸顯出山神飄忽不定的行蹤。文中所指的松蘿，可能也包括長松蘿（*U. longissima* Ach.）。

左上：「女蘿」即今之松蘿，常著生在樹幹上。
右下：雲霧帶的各類樹幹，都可見到松蘿附生。

【三秀】

古又名：芝
今名：靈芝；赤芝

采₁三秀兮於山間，石磊磊₂兮葛蔓蔓。

怨公子兮悵忘歸，君思我兮不得閒。

山中人₃兮芳杜若₄，飲石泉兮蔭松柏，

君思我兮然疑作₅。

　　　　　　————節錄〈九歌・山鬼〉

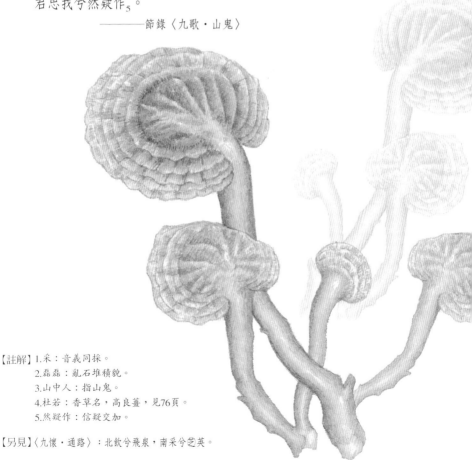

【註解】1.采：音義同採。
　　　　2.磊磊：亂石堆積貌。
　　　　3.山中人：指山鬼。
　　　　4.杜若：香草名，高良薑，見76頁。
　　　　5.然疑作：信疑交加。

【另見】〈九懷・通路〉：北飲兮飛泉，南采兮芝英。

【植物小檔案】
名：*Ganoderma lucidum*
　　（Leyss. *ex* Fr.）Karst.
別：多孔菌科

菌蓋（帽）木栓質，半圓形至腎形，徑12-20公分，厚約2公分。皮殼堅硬，初黃色，漸變為紅褐色，有光澤，邊緣薄而平截，稍內捲。菌蓋背面菌肉白色至淺棕色，由無數菌管構成。菌柄側生，長可達20公分，徑約4公分，紅褐色至紫色，有光澤。孢子褐色，卵形。常著生於殼斗科植物及其他闊葉樹木幹上。

靈芝「一歲三華（一年三秀），瑞草也」，《論衡》也說：「芝草一年生三花」，所以「三秀」即靈芝。《神農本草》說，「芝」常生於枯木上，有青芝、赤芝、黃芝、白芝、黑芝及紫芝等區別，都是古人所說的「瑞草」，服食這些瑞草可以登仙成神，所以又名靈芝。

　　古人相信「王者仁慈，則芝草生」，亦即政治清明，則靈芝長得特別多且茂盛。舊時若發現靈芝，必須上獻官府再轉呈朝廷，而獻芝人則可獲得獎賞。自漢朝至清朝，獻芝者絡繹不絕，據說宋徽宗政和五年，一年之內貢獻朝廷的靈芝竟然有三十七萬支之多。

　　古代以靈芝為香草，說「與善人居，如入芝蘭之室，久而不聞其香。」文中「芝蘭」係指靈芝及澤蘭（見20頁）。《楚辭》也視靈芝為香草，並不帶有神異色彩。《詩經》中則未提及「芝草」，《禮記》〈內則〉只說靈芝為國君燕食時特別的料理。視靈芝為「仙草」的觀念應始自漢武帝，根據《漢書》〈武帝紀〉的記載，武帝為了能長生不老，經常派人四處求取仙草。方士、文人引經據典，遂將靈芝形容成神仙之草，例如《論衡》中就說：靈芝「食之令人眉壽」，李喜注班固〈兩都賦〉也說：「神木靈芝，不死藥也。」

右：古代以靈芝為仙草、香草、瑞草，現代人亦視之為補氣養血的靈藥。

今名：葛藤

登九靈₁兮遊神，靜女₂歌兮微晨。

悲皇丘兮積葛，眾體錯₃兮交紛。

貞₄枝抑兮枯槁，枉車登兮慶雲₅。

感余志兮慘慄，心愴愴兮自憐。

————節錄〈九懷·思忠〉*

【註解】 1.九靈：九天。
　　　　 2.靜女：貞潔之女。
　　　　 3.眾體錯：形容葛藤交錯茂盛之貌。
　　　　 4.貞：正也。
　　　　 5.枉車登兮慶雲：指枝條不正的葛藤卻裝滿車子，反而珍貴。

【另見】〈九歌·山鬼〉：采三秀兮於山間，石磊磊兮葛蔓蔓。

【植物小檔案】

學名：*Pueraria lobata*（Willd.）Ohwi

科別：蝶形花科

藤本，植物體被黃色硬毛，具肥厚塊根。葉三出，具長柄，頂小葉菱狀卵形，先端漸尖，基部圓形，長6-10公分，寬5-16公分，全緣或淺裂，兩面有毛，背面有粉霜；托葉2，盾狀。花序總狀，腋生；花密集著生，花瓣紫紅色，蕚鐘形，5淺裂。莢果線形，長5-10公分，密被黃色長硬毛。分布於中國大陸大部分省區及日本。

葛 藤到處都有，尤以江浙地區為多，有野生者也有人工栽培者。曹植曾誦云：「種葛南山下，葛藟自成蔭」，葛藤是中國最早使用且用途最多的纖維植物。其莖皮部纖維可以織成葛布，製作稱為「葛

衣」的夏衣；也可用來製作鞋子，稱為「葛履」。目前已知最早的葛布出現在江蘇吳縣的新石器時代遺址，至少已有六千年以上的歷史。

　　由於葛藤用途廣泛，除了野外採集，也有專人種葛以供所需，是古代重要經濟植物。《周禮》記載周朝有所謂的「掌葛」官名，其職責是「徵絺綌之材於山農」，亦即專門負責向山區農民徵收葛纖維。

　　葛藤莖長可達十餘公尺，常四處蔓生或纏結樹上，因此〈九歌‧山鬼〉才有「葛蔓蔓」一語；〈九懷‧思忠〉「悲皇丘兮積葛，眾體錯兮交紛」，描寫生長旺盛的葛藤，莖葉交錯攀爬；「貞枝抑兮枯槁，枉車登兮慶雲」，則藉由正而直的枝條受到凌壓而枯萎，枝條不正者反倒備受青睞，來隱喻楚國政治腐敗，奸邪當道的情形。

左上：葛藤的莢果線形，表面密布棕黃色硬毛。
右下：葛藤為藤本植物，常四處蔓生纏繞在樹幹上，《楚辭》中才有「葛蔓蔓」和「積葛」之歎。

【松

今名：馬尾松

　山中人兮芳杜若₁，飲石泉兮蔭₂松柏。

　君思我兮然疑作₃。

　雷填填₄兮雨冥冥，猿啾啾兮又夜鳴。

　風颯颯兮木蕭蕭，思公子兮徒離憂。

　　　　　　　　　───節錄〈九歌・山鬼〉

【註解】1.杜若：香草名，高良薑，見76頁。
　　　　2.蔭：遮蔽。
　　　　3.然疑作：疑信交加。
　　　　4.填填：雷聲。

【植物小檔案】
學名：*Pinus massoniana* Lamb.
科別：松科

常綠喬木，樹皮灰褐色，裂成不規則塊狀，一年生枝條淡黃褐色；冬芽褐色。葉2針一束，長12-20公分，細柔，有細齒，樹脂道邊生，4-7。毬果卵圓形至圓錐狀卵形，長4-7公分，徑2.5-4公分；鱗盾菱形，鱗臍微凹，無刺。種子具翅，連翅長2-2.6公分。分布於秦嶺以南、淮河流域和漢水流域至雲南、兩廣。

古人視松爲君子，李白曾作詩贊云：「願君學長松，愼勿作桃李。受屈不改心，然後知君子。」松、柏植物體內均含有樹脂，全株具芳香味，又「經冬不凋」，受到歷代文人的推崇。屈原〈山鬼〉篇，以山神自述的方式稱自己猶如芬潔的杜若（高良薑，見76頁），喝的是山中的清泉水，居處則有松柏遮蔭。詩文中以杜若（香草）來對應松柏，對於松柏的評價自然不言可喻。

在嚴冬萬木多已枯槁蕭瑟時，只有「百木之長」的松樹依然青翠挺立。古有「大抵松之爲物，極地氣不能移，歷歲寒不爲改，大類有道君子」之譽。松樹已成爲堅忍不拔及強韌生命力的代表植物。

松樹是松類植物的通稱，常見的松樹有馬尾松、黑

松、赤松、華山松等。而中國境內分布最廣、到處可見的松樹應爲馬尾松。其普遍性使舊時文人無論身在何處，幾乎都可見到馬尾松，自然也就成爲下筆自況或寄情的對象，包括《楚辭》涵括的長江流域也不例外。因此《九歌‧山鬼》所指的松，最有可能的種類是馬尾松。

右上：馬尾松結滿黃色雄毬花的枝條。
左下：馬尾松相當普遍，因此古代文人常見景賦情，抒發己志。

【柏

今名：柏木

　　孰知其不合兮，若竹柏之異心₁。

　　往者不可及兮，來者不可待。

　　悠悠蒼天兮，莫我振理₂。

　　竊怨君之不寤₃兮，吾獨死而後已。

　　　　　　　　————節錄〈七諫‧初放〉＊

【註解】1.若竹柏之異心：竹心中空，柏心實，兩者不同。
　　　　2.莫我振理：沒人為我主持公理。
　　　　3.寤：覺悟。

【另見】〈九歌‧山鬼〉：山中人兮芳杜若，飲石泉兮蔭松柏。

【植物小檔案】

學名：*Cupressus funebris* Endl.

科別：柏科

常綠大喬木，樹皮紅褐色至灰褐色；樹冠幼時尖塔形；小枝初時綠色，後變紅褐色。葉二型，幼時針形，後皆變成鱗片狀；鱗片葉小，長約0.2公分，先端鈍，菱狀卵形，交叉對生。雌雄異株。毬果近球形，徑0.6-1.0公分，成熟時紫褐色，外被白粉，果鱗通常6片，合生。每片果鱗種子2-3個，扁圓形，有稜脊。分布於華北、華中平原，各地均有栽培。

古稱「柏」的植物包括柏木與側柏（*Thuja orientalis* L.），兩者均屬於柏科，分布於華中、華北各省。柏樹和松樹一樣，經冬不凋，臨風不倒，正所謂「雪不能毀其志，寒風不致改其性」，古人形容柏為「斯德謂之具美矣」。

柏木材質堅韌，不易翹曲開裂，自古即為製作家具、橋梁、舟車用材，並為北方主要的建築材料。常栽植在陵廟周圍，陝西黃陵縣的黃帝陵四周，栽植有千年古柏萬餘株，其中以據傳為黃帝親手栽植的一株大古柏最為壯觀，距今已有兩千多年的歷史。柏樹自古即是忠貞的象徵，

古來忠臣墓前必植柏樹以示推崇，例如諸葛亮墓前的「森森古柏」、杭州岳飛墓前的「忠貞柏」等，以及唐朝詩人殷堯潘在〈韓信廟〉詩中所提到的「荒涼古廟惟松柏」。

柏的壽命很長，古人因此相信吃柏葉和柏實可以長生，而且還偏愛在知名的古柏上採集枝葉、毬果作藥，據說麝鹿吃了身體帶有香味；而「秦宮女」（毛女）吃過之後，體態轉為輕盈，這當然是古人附會之說。

右上：古稱「柏」的植物包括柏木與側柏。本圖為柏木的結果枝。
左下：北京天壇的古側柏。

芭

今名：芭蕉；香蕉

成禮₁兮會鼓，傳芭₂兮代舞₃，姱女₄倡₅兮容與₆。

春蘭兮秋菊，長無絕兮終古₇。

————〈九歌‧禮魂〉

【註解】1.成禮：完成祭禮。
　　　　2.芭：初開之花，一說是指芭蕉。
　　　　3.代舞：輪番跳舞。
　　　　4.姱女：姱音誇，姱女意爲美好的女子。
　　　　5.倡：音義同唱。
　　　　6.容與：徐緩從容之貌。
　　　　7.長無絕兮終古：意指祀典千秋萬世永不斷絕。

【植物小檔案】

學名：*Musa basjoo* Sieb. *et* Zucc.

科別：芭蕉科

多年生草本，由葉稍集生成假莖，直立叢生為高草本，高可達4公尺。葉簇生於假莖先端，長橢圓形，長可達2公尺以上，寬60-85公分，先端鈍。葉表面綠色，背面被白粉；葉柄粗壯，長約30公分。花序下垂，花包以紫色苞片，苞片亦被白粉。漿果長圓形，長15-20公分。原產於華南各地，一般多栽培於庭園及住家附近。

本篇的「芭」有解為「初開之花」者，謂巫師傳送著鮮花而舞。也有解為香草名者，此香草即為芭蕉。芭蕉果實成熟時，味道極香，花苞中有時積水如蜜，稱為「甘露」，清晨取食甚為甘香。因此，屈原也將芭蕉列為香草，和下句春蘭、秋菊相呼應。

歷代文人有種芭蕉和賞芭蕉的傳統，詩人以芭蕉葉為題，發抒胸懷；書畫家「更展芭蕉夏學者」，例如唐代書法家懷素，就以蕉葉代紙帛學書法而聞名一時。李清照〈採桑子〉：「窗前誰種芭蕉樹，陰滿中庭，葉葉心心，舒卷餘光分外清」，最足以道出愛蕉、吟蕉的心情。自古以來，種芭蕉聽雨，也是文人的賞心雅事，正如宋代楊萬里〈芭蕉雨〉所說：「芭蕉得雨便欣然，終夜作聲清更妍」。

芭蕉類植物全世界共有三十多種，全部都原產自東

半球的熱帶地區，中國的芭蕉類也產於華南地區。《三輔黃圖》記載：漢武帝元鼎六年大破南越之後，攜回許多奇花異木，特別建造扶荔宮栽植觀賞。其中種有芭蕉十二株，這大概是中原人最早接觸芭蕉的記載。

右上：芭蕉的花序下垂，花苞以紫色苞片。上部的花已結成小芭蕉。
左下：古人所說的「芭蕉」，常泛指香蕉、芭蕉等食用蕉類。

【浮萍

古又名：苹[1]
今名：浮萍

河伯兮開門，迎余兮歡欣。

顧念兮舊都[2]，懷恨兮艱難。

竊哀兮浮萍，汎淫[3]兮無根。

————〈九懷・尊嘉〉＊

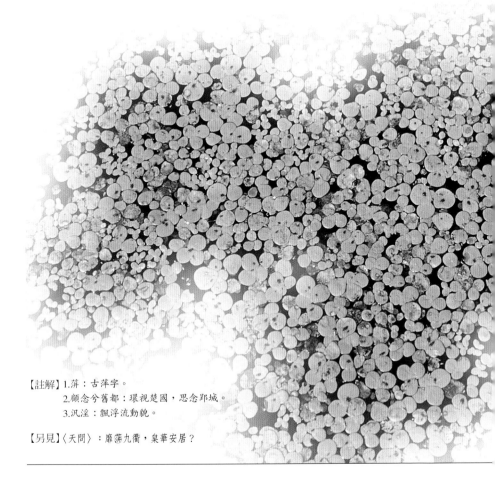

【註解】1.苹：古萍字。
　　　　2.顧念兮舊都：環視楚國，思念郢城。
　　　　3.汎淫：飄浮流動貌。

【另見】〈天問〉：靡萍九衢，枲華安居？

【植物小檔案】
學名：*Lemna minor* L.
科別：浮萍科

浮水小草本，新芽成熟時即脫離母株。根一條，纖細，長3-4公分。葉狀體對生，倒卵形至橢圓形，長0.2-0.6公分，兩面平滑，綠色，具不明顯3脈紋。花單性，雌雄同株，佛焰苞囊狀，生於葉狀體邊緣開裂處，內有雌花1，雄花2；雌花具1雌蕊，子房1室，胚珠單生。果實為圓形。分布於全大陸之池沼及湖泊中。

古人認為浮萍無根，飄浮於水面上隨波逐流，無法自主。因此詩人文士以浮萍象徵飄泊無依、居無定所的生活與心境。〈九懷·尊嘉〉章中，作者王褒哀歎自己就像失根浮萍一樣到處漂游。唐代李頎的〈贈張旭〉詩云：「問家何所有，生事如浮萍」，也是用浮萍來寄寓無法安定的心情。白居易〈答微之〉：「與君相遇知何處，兩葉浮萍大海中」，形容兩人見面之難，就像漂盪在浩瀚大海的兩片浮萍一樣，透露出身不由己的無奈。

浮萍繁殖速度非常快，常在數日之間就蔓延擴布整個水域。每年春季，去年留下的種子會選擇在池塘或積水等不流動的靜水水面發芽滋長。隨後再以無性繁殖的方式產生許多新個體，此即所謂的「一夕生九子」，生動描寫出浮萍繁殖的驚人速度。

大陸華中以北，農曆三月之前水面均不長浮萍，所以《月令》就用浮萍開始生長的時期來記月；而在每年夏季穀雨之後，凡積水之處都會布滿浮萍。以浮萍的生長情況來記載季節月令，可知浮萍的普遍性。

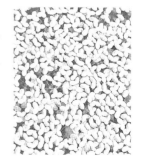

左上：「浮萍」包括紫萍及青萍。此圖為葉形較闊、背面為紫色的紫萍。
右下：青萍葉較狹細，兩面均為綠色，最為常見。

今名：桑

禹之力獻功₁，降省₂下土四方₃。

焉得彼塗山之女₄，而通之於台桑₅？

————節錄〈天問〉

【註解】1.獻功：獻身於治理洪水之事功。
　　　　2.降省：親自省察。
　　　　3.下土四方：天下各地。
　　　　4.塗山之女：指禹之妻子。
　　　　5.台桑：台爲邰之古字，古地名。台桑即邰地長滿桑樹之地，爲男女私會之處。

【另見】〈七諫・怨世〉：路室女之方桑兮，孔子過之以自侍。
　　　　〈九歎・怨思〉：孤雌吟於高墉兮，鳴鳩棲於桑榆。

【植物小檔案】
學名：*Morus alba* L.
科別：桑科

落葉灌木或小喬木，全株具乳汁。葉互生，卵形至闊卵形，長5-15公分，寬5-10公分，先端急尖至長尾狀，基部心形或淺心形，粗鈍鋸齒緣。花單性，雌雄異株，雄花序葇荑狀，長2-3公分，雄花花被片4，雄蕊4；雌花序長柱狀，1-2公分，雌花花被片4，花後增大。果為聚合果，卵狀橢圓形，長1-2.5公分，成熟時紅色或暗紫色。分布於華北和華中地區。

中國人很早就知道善用桑樹的經濟價值，最遲在五千年以前的新石器時代即已經開始種桑養蠶。殷墟甲骨文中已有「桑」字。根據古文字專家的研究，河南安陽出土的甲骨卜辭中，和養蠶絲織有關的字彙就多達一百七十個。北方文學代表《詩經》中出現篇數最多的植物是桑樹，南方文學代表

的《楚辭》也提到桑，由此可見古代南北地區桑樹的栽培十分普遍。

種桑養蠶是古代重要的經濟活動：蠶絲可用於製衣，桑椹可用以濟飢，而桑材則供製作弓弩、車具，幼枝還可充作薪材，樹皮則可作為藥材使用，可以說食、衣、住、行幾乎唯桑樹是賴。由皇后每年春季必須親自舉行蠶桑儀式，也可以見出蠶桑的重要性。此

外，古時也嚴禁百姓任意砍伐桑樹，《禮記》月令就規定：「季春之月」不得砍伐桑樹和柘樹。兩漢時，朝廷還頒有「天下以農桑、耕織為本」的詔書。

目前已培育出多種形態及樹型各異的桑樹變種，除觀賞外，枝葉、根皮、果實分別供作養蠶、藥用、食品工業及纖維工業等多種用途。

右上：桑的許多小果集合成「聚合果」，即俗稱的桑椹，成熟時紅色或暗紅色。
左下：桑樹的雄花序。

【秬黍】

古又名：秬[2]
今名：黍

阻窮西征[3]，巖何越焉[4]？化為黃熊[5]，巫何活焉[6]？

咸[7]播秬黍，莆雚是營[8]。

何由並投[9]，而鯀疾[10]脩盈[11]？

————節錄〈天問〉

【註解】1.秬：音巨。
2.秬：音資。
3.阻窮西征：阻，險阻；窮，無路可走；征：行也。
4.巖何越焉：如何越過高峻的山嶺。
5.化為黃熊：古代神話，鯀遭堯殛於羽山後，其神化為黃熊。
6.巫何活焉：神巫如何讓其復活。
7.咸：全部。
8.莆雚是營：莆通蒲，見104頁；雚，音灌，荻，見106頁。
　全句意謂在原來生長香蒲及蘆葦的地方耕種黑黍。
9.並投：屏棄放逐。
10.疾：罪過。
11.脩盈：長久而多。

【另見】〈招魂〉：稻粢穱麥，挐黃粱些。

【植物小檔案】
學名：*Panicum miliaceum* L.
科別：禾本科

一年生草本，高可達1公尺，稈直立，常單生，有時叢生，節上有鬚。葉狹披針形，長30-50公分，寬1.5公分，先端銳，葉舌膜質，上緣一圈長毛。頂生圓錐花序，花序細長下垂，長約30公分，稍開展，分枝極多；小穗有2小花，僅1花結實。穎果球形，淡黃色。原產於亞洲北部、華北平原。

史前時代的歐洲、埃及與亞洲早已栽培黍，中國也是在有文字記載的史前時代就廣為栽植。三千多年前的甲骨文中已出現「黍」字，表示黍為古代

主要的糧食作物，至今黍仍是中國北方重要的糧食作物。

黍的生長期短且耐旱，適合在大陸性的溫帶氣候地區栽種，如山西省和陝西省的黃土高原，江南各省雖有栽培，但面積不大。「秬黍」今稱黑黍，是黍類栽培變種之一，其米粒較黏，通常用於釀酒。《詩經》〈大雅・江漢〉提到的「秬鬯」就是用秬（黑黍）和鬯（鬱金）合製而成的酒，供作祭祀之用。由於初民社會嗜酒風氣盛行，因此凡是可用來釀酒的作物，地位都十分崇高，黍成為祭祀祖先及神明的上等祭品，原因就在這裡。

屈原〈天問〉篇所說的「秬黍」，應該也是專門栽種為製酒用，是當時極為神聖的作物。屈原死後，楚人用菰（茭白，見146頁）的葉子包裹黍飯以拜奠，這同時說明黍或黑黍在戰國時代的重要性。

左上：黍成熟的果序，採下的穎果可作飯及釀酒。
右下：黍為古代北方主要的糧食作物，至今仍有小面積栽植。

古又名：莆

今名：香蒲

蛟龍兮導引，文魚₁兮上瀨₂。

抽₃蒲兮陳坐，援₄芙蕖兮為蓋₅。

——————節錄〈九懷‧尊嘉〉＊

【註解】1.文魚：大魚。

2.瀨：音賴，淺灘。

3.抽：拔取。

4.援：摘取。

5.蓋：遮覆。

【另見】〈天問〉：咸播秬黍，莆藋是營。

【植物小檔案】
學名：*Typha orientalis* Presl.
科別：香蒲科

多年生水澤草本，地下莖白色有節。葉帶狀，長30-50公分，寬1-1.5公分，平滑柔軟，兩面中肋處稍凸起。頂生之圓柱形花序；花極小，單性花，雄花在上，雌花在下，無花被；雄花部分基部具葉狀苞片，雄蕊2-4枚，花粉合成四合體；雌花部分圓柱狀，雌花具白毛，具不孕性雄蕊。分布於東北、華北、華中、華南及台灣。另外有一種寬葉香蒲（*T. latifolia* L.）亦常見。

古代諸侯祭祀時使用的坐席，常用莞草加香蒲製成；坐席上面使用較細的莞草，底下則用較粗的香蒲葉鋪墊加厚。尋常百姓也常採收香蒲葉製作「蒲席」，〈九懷‧尊嘉〉之「抽蒲兮陳坐」，船中的坐席就是用香蒲編成。舊時鄉間窮苦人家還會利用蒲葉來編成簍筐或置物籃使用。《唐書》〈李密傳〉云：李密兒時因家貧，幫人放牛維生，曾經以香蒲葉編成籃子後掛在牛角上，將《漢書》裝在籃內，騎在牛背上時就可一面放牛一面讀書，如此苦讀後果然成就不凡。

歷代文人也多有吟誦香蒲的作品，例如唐代名詩人杜甫的詩句：「細柳新蒲為誰綠」、白居易詩：「青

蘿裙帶展新蒲」以及張籍詩：「紫蒲生濕岸」等，不勝枚舉。

香蒲除了可用在製席及編筐之外，其花藥細若金粉，稱為「蒲黃」，是非常重要的藥材；取其嫩筍，可生食、醃製或炒食，自古即為供餐蔬荣，稱為「蒲筍」。香蒲分布普遍且具經濟價值，早在古代就有人工培植，〈天問〉之「咸播秬黍，莆藋是營」句，即可證明。

右上：香蒲的花密生成圓柱形，遠望有如矗立的蠟燭。
左下：香蒲生長在水澤，歷代文人多有吟誦香蒲的作品。

【萑

₁今名：荻

阻窮西征₂，巖何越焉₃？化為黃熊₄，巫何活焉₅？

咸₆播秬黍，莆萑是營₇。

何由並投₈，而鯀疾₉脩盈₁₀？

————節錄〈天問〉

【註解】1.萑：音灌。

　　　2.阻窮西征：阻，險阻；窮，無路可走；征，行也。

　　　3.巖何越焉：如何越過高峻的山嶺。

　　　4.化為黃熊：古代神話，鯀遭堯殛於羽山後，其神化為黃熊。

　　　5.巫何活焉：神巫如何讓其復活。

　　　6.咸：全部。

　　　7.莆萑是營：莆通蒲，見104頁。整句謂在原來生長香蒲、荻及
　　　　蘆葦的地方耕種黑黍。

　　　8.並投：摒棄。

　　　9.疾：罪過。

　　　10.脩盈：長久而多。

【另見】〈九思‧悼亂〉：菅蒯兮野莽，雚葦兮仟眠。

【植物小檔案】

　名：*Triarrhena sacchariflora*
　　　（Maxim.）Nakai

　別：禾本科

多年生高草本，高可達2公尺，有根狀莖。葉扁平，寬線形，長20-50公分，寬1-1.2公分；葉緣具細鋸齒，中肋明顯。圓錐花序扇形，長20-30公分，主軸長度小於花序總長的二分之一；每條總狀花序長10-20公分，穗軸不脫落；小穗成對生於各節，一柄長，一柄短，線狀披針形，長0.5公分；每小穗含二小花，僅一花結實，小穗基部有絲狀長毛。穎果長圓形，長約0.1公分。分布於東北、華北、西北、華東、朝鮮半島及日本。

萑又稱為「萑」，即今之荻。大陸地區常見，有些地區甚至會侵入農地形成大片雜草。雖然荻植株叢生，但枝葉柔軟平整，不似一般雜草蕪亂，因

此經常出現在歷代詩詞文句中。

〈九思・悼亂〉中「菅蒯兮野莽，藋葦兮仟眠」，菅（芒草，見132頁）、蒯（蔗草，見212頁）為兩種植物，就工整對仗而言，下句的「藋葦」也應是兩種植物：考證結果「藋」為荻，而葦即蘆葦（見108頁）。古詩詞中荻與蘆葦經常並提，除《詩經》「葭菼揭揭」（葭為蘆葦，菼為荻）與《楚辭》外，還有宋代蘇舜欽〈水調歌頭〉：「刺棹穿蘆荻，無語看波瀾」，以及唐人杜甫〈秋興八首〉：「請看石上藤蘿月，已映洲前蘆荻花」等。表示荻與蘆葦必有相似之處：兩者均為高大草本，植株可高達二至三公尺；此外，兩者均生長在水澤岸，常是原野濕地的景觀焦點。

荻春季所萌之芽，稱為「荻芽」，可供煮羹食用。夏季開花，秋季花序成熟變白，在蕭瑟秋風下，植株搖曳生姿，常觸動詩人纖細的心思而有所感發，例如宋代無名氏〈眼兒媚〉：「蕭蕭江上荻花秋，做弄許多愁」；清人邵長蘅〈登吳城望湖亭〉：「回首戰爭曾此地，荻花蕭瑟隱漁舟」等。

左：荻花在秋季成熟，迎風款擺，是秋天獨特的景觀，也是詩人文士筆下寄寓抒情的對象。

【葦

今名：蘆葦

菅蒯₁兮野莽，藋₂葦兮仟眠₃。

鹿蹊兮躑躑₄，豨₅豿兮蟫蟫₆。

————節錄〈九思・悼亂〉＊

【註解】1.蒯：讀爲快之第三聲，植物名，莖球藨草，見212頁。
　　　　2.藋：音灌。
　　　　3.仟眠：草木茂盛貌。
　　　　4.躑躑：音斷，禽獸所踐踏處。
　　　　5.豨：音湍，似豬而肥。
　　　　6.蟫蟫：音尋，相隨之貌。

【植物小檔案】
學名：*Phragmites communis* Trin.
科別：禾本科

多年生沼澤高大草本，高可達3-4公尺。有肥厚多節的根莖；稈中空，徑1-1.5公分。葉片線形，長15-45公分，寬1-3公分；先端漸尖，基部鈍圓；葉舌發達，長0.1公分，有緣毛。圓錐花序大形，長10-40公分，分枝纖細；小穗具3小花，第一小花常為雄花。廣泛分布於北半球，台灣亦產，生長在池塘、河岸旁。

蘆葦幾乎遍布世界各地，有粗壯的匍匐根狀莖，可以生長在河岸、湖邊、池塘及河流出海口，是適應力極強的濕生植物。甚至於西北荒漠地區，只要有伏流或地下水，均可見到蘆葦成群落生長。

蘆葦不但適應性強，且用途廣泛，因此自古以來就是庶民生活中十分重要的植物。蘆葦稈柔而韌，可用於蓋屋、織席、製窗簾、編簍。古人「伐木為材，織葦為席而居」，因此《禮記》〈月令〉有載：「季夏之月，命澤人納材葦」，以供應軍需及各種用途。蘆稈纖維性質接近木材及棉花，至今仍是工業上用來造紙和生產人造絲的優良材料。秋日蘆花可以綁成掃帚；花序軸老化後，則可製草鞋。初生的嫩芽狀如細竹筍，稱為「蘆筍」或「蘆芽」，味甜，可作蔬菜食用。蘆葦的根俗稱為「蘆根」，是重要藥材，《神農本草經》中早有記載。

〈九思·悼亂〉中之「藋葦兮仟眠」，藋指的是荻（見106頁），「葦」即蘆葦，兩者外形十分相似。

左上：蘆葦的花序（左）及成熟果實的果序（右）。
右下：蘆葦適應性強，加上用途廣泛，與古人生活息息相關。

【棘

今名：酸棗

觀炎氣₁之相仍₂兮，窺煙液₃之所積。

悲霜雪之俱下兮，聽潮水之相擊。

借光景₄以往來兮，施黃棘之枉策₅。

　　　　　————節錄〈九章・悲回風〉

【註解】1.炎氣：熱氣。
　　　　2.相仍：相隨。
　　　　3.煙液：煙者雲也；液者雨也。
　　　　4.光景：時光。
　　　　5.施黃棘之枉策：取黃棘製成彎彎之馬鞭。

【另見】〈天問〉：何繁鳥萃棘，負子肆情？
　　　　〈七諫・怨思〉：行明白而曰黔兮，荊棘聚而成林。
　　　　〈九歎・愍命〉：折芳枝與瓊華兮，樹枳棘與薪柴。
　　　　〈九歎・思古〉：甘棠枯於豐草兮，藜棘樹於中庭。
　　　　〈九思・憫上〉：鵠竄兮枳棘，鵜集兮帷幄。

【植物小檔案】

學名：Zizyphus jujuba Mill. var.
　　　spinosa（Bunge）Hu

科別：鼠李科

落葉灌木，小枝「之」字形曲折，枝上的刺有兩種：一種為直刺，長1-2公分，一種刺反曲，長約0.5公分。葉互生，脈三出，長卵形，長2公分，寬0.5-1公分，細鋸齒緣，兩面光滑。花2-3朵叢生葉腋，花黃綠色，花瓣5，雄蕊5，花盤10淺裂。核果近球形，徑0.6-1.2公分，熟時暗紅色。產於東北、華北、華中、華南各省及新疆等地。

古文或詩詞之中，「棘」常和其他植物一起出現，或泛指有刺灌木或專指酸棗，例如「荊棘」是指黃荊和酸棗，「藜棘」則指多生長在乾旱及鹽漬荒地的藜科藜屬（Chenopoduium）植物和有刺矮灌木。只有在少數地方，「棘」才專指酸棗，如〈天問〉篇之「何繁鳥萃棘，負子肆情」之「棘」，全句意思是「在群鳥聚集的酸棗樹下，為何

和背著小孩的婦人調情？」由於酸棗的果實可食，也是重要的藥用植物，因此居家附近或其他建築物旁的「棘」，宜解為酸棗。

　　因「棘」多刺，《楚辭》多用以形容奸佞醜婦，如〈九歎・思古〉之「甘棠枯於豐草兮，藜棘樹於中庭。西施斥於北宮兮，仳倠倚於彌楹」，用「甘棠」比

喻美女西施，以「藜棘」喻醜女仳倠。〈九思・憫上〉之「鵠竄兮枳棘，鵜集兮帷幄」，「鵠」為天鵝，喻君子；「鵜」為水鳥，喻小人。意思是說君子被趕進棘叢刺林之中，小人卻在帷帳中安身享樂，以「枳棘」比喻險惡環境，此「棘」泛指有刺灌木。

右上：酸棗的結果枝。果實可食，但味酸，因此多取用為藥材。
左下：「棘」可解為有刺灌木或專指酸棗，華北、塞北的乾旱荒地常見分布。

【薇

今名：野豌豆

　　驚女采薇，鹿何祐₁？北至回水₂，萃₃何喜？

　　兄有噬犬，弟何欲₄？易之以百兩，卒無祿₅。

　　　　　　　　　　　　　　　　　———節錄〈天問〉

【註解】1.驚女采薇，鹿何祐：典出周初叔齊伯夷義不食周粟一事。伯夷叔齊採薇首陽山，有女子
　　　　　見而譏之，子義不食周粟，此亦周地植物也。又二人餓於首陽山，有白鹿乳之。
　　　　2.回水：河水回曲處，或指首陽山下河曲之水。
　　　　3.萃：止也。
　　　　4.兄有噬犬，弟何欲：典出《左傳》，春秋中期秦景公與其弟公子鍼爭奪猛犬。
　　　　5.易之以百兩，卒無祿：百兩或解釋為黃金百兩，或指車乘百輛。公子鍼欲以百兩金交換
　　　　　猛犬，景公不從，並奪其爵祿。

【植物小檔案】
學名：*Vicia sepium* Linn.
科別：蝶形花科

一年生草本，直立或攀援。莖纖細，長25-100公分，有稜，卷鬚發達。羽狀複葉，小葉8-16，長0.8-1.8公分，寬0.4-0.8公分。先端截形或微缺，有細尖，基部楔形柔毛。花1-2朵生於葉腋；萼管狀，長0.8-1公分；花冠紫色或紫紅色，長約1.3公分；子房被毛，莢果長4-5公分，寬0.4-0.7公分，成熟時棕色。分布於長江流域及西南、西北各地，生於灌叢下、路旁、田間及河旁。

古人誤以為「薇」僅產水澤中，因此孫炎注《爾雅》時說：「薇草生水旁，面水也」，所以又名「垂水」。但李時珍《本草綱目》卻說：「薇生麥田中，原澤亦有」，因此《詩經》才會說：「山有蕨薇」，「薇」不是水草，今名野豌豆。《食物本草》將薇列為「柔滑類菜部」，可見是古代荽蔬之一。許慎《說文》云：「薇似藿，乃菜之微者也」，是貧窮人家的食物，即王安石《字說》所言：「微賤所食」，故名為「薇」。

野豌豆類在中國種類很多，可作荽蔬的種類也不少。「薇」可能指小巢菜〔*Vicia hirsuta*（Linn.）Gray.〕、野豌豆（*V. sepium* Linn.）等自生於華北、西北等地之野豌豆類。古書記載「巢菜有大、小二種：大者即薇，乃野豌豆之不實者；小者即蘇東坡所謂元修菜也。」灌木狀的大野豌豆（*V. gigantea* Bunge）可能是上文所稱的「大者」薇，又稱大巢菜。此外，四籽野豌豆〔*V. tetrasperma*（Linn.）Sch.〕、救荒野豌豆（*V. sativa* Linn.）等嫩葉可食的種類也可稱之為「薇」。

右：伯夷、叔齊採「薇」首陽山，所採之「薇」即野豌豆。

【楸

今名：楸樹

望長楸而太息₁兮，涕淫淫₂其若霰₃。

過夏首₄而西浮兮，顧龍門而不見。

心嬋媛₅而傷懷兮，眇不知其所蹠₆。

—————節錄〈九章・哀郢〉

【註解】1.太息：長歎。
　　　　2.淫淫：淚流不止貌。
　　　　3.霰：音現，雨遇冷所凝結的小雪珠。
　　　　4.夏首：夏水的起點。
　　　　5.嬋媛：顧念、流連。
　　　　6.蹠：音直，原意為腳掌，引申為踐踏、行走。

【另見】〈九辯〉：白露既下百草兮，奄離披此梧楸。

【植物小檔案】
學名：*Catalpa bungei* C. A. Mey.
科別：紫葳科

落葉喬木，樹幹聳直，小枝光滑，高可達15公尺。葉對生，三角狀卵形至卵狀長橢圓形，長6-15公分，寬6-12公分，先端漸尖，基部截形至微心形，掌狀三出脈，全緣，有時基部葉緣有數尖齒；葉柄長2-8公分。花序呈繖房狀，合瓣花；花白色，二唇形，內有紫色斑點。蒴果長25-50公分。分布於黃河流域及長江流域中低海拔山區。

楸樹的葉片形大，秋季時變黃脫落，古人視之為秋天的代表植物，故其字從秋。自古以來，楸樹即為著名的觀賞樹木，到處可見。屈原遭流放之後，佇立在船上遠眺郢都，「望長楸而太息」。郢都中的楸樹，應為行道樹，或栽植在辦公廳舍周邊的庭園樹。

　　古代詩詞描述楸樹的例子很多，一直到明朝仍有詩句讚頌楸樹，如朱克瀛的〈萬壽寺古楸樹歌〉：「梵王宮前兩楸樹，古幹亭亭倚天際」。大陸的名勝古蹟經常可見樹齡邈遠的老楸，可見楸樹在古代受到重視的程度。

　　《本草綱目》云：「楸，有行列，莖幹直聳可愛，至上垂條如線，謂之楸線。」「楸線」指的是楸樹細長的果實。楸樹也是重要的用材樹種，但需生長在肥沃的土壤。「其木濕時脆，燥則堅，故謂之良材。」可供車板、盤盒、樂器、建築、家具、造船、工藝和雕刻之用。直至今日，楸樹還是重要的造林樹種。葉稱「楸葉」，皮稱「楸皮」，均可作為藥用。

左上：楸的果實細長，垂條如線，稱為「楸線」。
右下：直到現代，楸樹仍是重要的造林樹種。大陸地區居家附近常種有楸樹。

【萹

1 今名：萹蓄

解2萹薄與雜菜兮，備以為交佩。

佩繽紛以繚轉兮，遂萎絕3而離異。

吾且僵佪4以娛憂兮，觀南人之變態5。

竊快在中心兮，揚厥憑6而不竢7。

————節錄〈九章・思美人〉

【註解】1.萹：音篇。
　　　　2.解：摘取。
　　　　3.萎絕：枯槁斷爛。
　　　　4.僵佪：音蟬懷，徘徊不進。
　　　　5.變態：民風習俗的變化。
　　　　6.憑：憤懣。
　　　　7.竢：為俟之古字，等待。

【植物小檔案】
學名：*Polygonum aviculare* L.
科別：蓼科

一年生草本，枝具稜，莖綠色，長達50公分，常平臥地上，自基部分枝。葉互生，橢圓形至披針形，長1-4公分，寬0.3-1公分，先端鈍至急尖，基楔形，背面側脈明顯；全緣，表面藍綠色，背面綠色，幾無葉柄。葉鞘膜質，白色。花單生至數朵簇生於葉腋；花被5深裂，綠色，邊緣白色或淡紅色；雄蕊8。瘦果卵形，3稜，黑褐色。分布於中國各地至北溫帶低海拔至4000公尺之濕地。

萹蓄為小草本，常見於路邊、原野、水邊等開闊地，尤喜生長在潮濕的土地或池塘護堤上。萹蓄經常以各種名稱出現在古籍的記載中，如「竹」、「萹竹」、「萹茿」等，《詩經》〈衛風〉「綠竹猗猗」之「竹」即為萹蓄。

萹蓄在古代是一種野菜，《詩經》中所採，和本篇「解萹薄與雜菜兮」之「萹」原都是取用為蔬菜，每年四、五月間採集嫩莖幼苗食用。在明朝的《救荒本草》中，萹蓄仍是重要的救飢野菜，「採苗葉，煠熟，水浸淘淨」後，加鹽即可食用。據現代營養分析，萹蓄含鈣、蛋白質、脂肪、粗纖維、磷、胡蘿蔔素及維生素B2、維生素P、維生素C等多種養分，營養價值極高。

萹蓄也是藥用植物，《神農本草經》、《名醫別錄》及各朝代本草書均有記載，有清熱利尿、解毒驅蟲、抗菌消炎之效。至今尚用以治療泌尿系統感染、結

石、腎炎、黃疸等疾病，並可驅除蛔蟲、蟯蟲。其食用部分為嫩枝葉，藥用部分為根。古人用全株植物提取黃、綠兩種顏色染料，是用途極多的植物。

右上：萹蓄形體極小，花單生或數朵簇生葉腋，白色至淡紅色。
左下：萹蓄在開闊地到處可見，《詩經》及《楚辭》均有提及。

橘

今名：橘

后皇₁嘉樹，橘徠₂服₃兮。受命不遷，生南國兮。

深固難徙₄，更壹志兮。綠葉素榮₅，紛₆其可喜兮。

————節錄〈九章・橘頌〉

【註解】1.后皇：后土皇天。

　　　　2.徠：音義同來。

　　　　3.服：適應。

　　　　4.深固難徙：樹根深植，難以遷徙。

　　　　5.素榮：白花。

　　　　6.紛：盛多貌。

【另見】〈七諫・初放〉：斬伐橘柚兮，列樹苦桃。

　　　　〈七諫・自悲〉：雜橘柚以為囿兮，列新夷與椒楨。

【植物小檔案】
學名：*Citrus reticulata* Blanco
科別：芸香科

常綠小喬木或灌木，枝有刺。葉革質，互生，披針形至卵狀披針形，長5-8公分，寬2-4公分，先端漸尖，全緣或疏淺鋸齒緣；葉柄翅不明顯。花單生或花簇生葉腋；花瓣5，黃白色；雄蕊18-24，花絲3-5枚合生，子房9-15室。果扁球形，徑5-7公分，熟時橙黃色或淡黃紅色；果皮疏鬆，瓢肉易於分離。產於華南、華中各省，多數均為栽培者。

柑橘是中國原產的水果，歌頌橘類最早的詩文即為屈原的〈九章・橘頌〉。屈原以橘「受命不遷」、「深固難徙」的特性，來表達自己雖遭讒謗仍矢志不移的情操。東方朔的〈七諫・初放〉也是藉屈

原之口，以「斬伐橘柚，列樹苦桃」（砍伐可口的橘柚，栽植苦桃），來表達對時政的不滿。〈七諫・自悲〉中，以種植柚橘和辛夷、花椒等佳木或香木，寫出作者堅定執著的心志。由此可知在《楚辭》各篇章中，橘和柚均為忠貞的象徵。

古代詩文中的橘，應是柑橘的統稱，漢代之前，尚「柑橘」不分。柑、橘在植物分類上仍屬同種，但柑較畏寒，橘卻可耐霜；而果皮橙黃粗厚、先端有尖嘴者為柑，果皮朱紅細薄、頂端無嘴者則為橘，兩者還是有所差別。

中國栽培橘類的歷史已有數千年之久，《呂氏春秋》云：「果之美者，有江浦之橘。」到了漢代，已是「江南有丹橘，經冬猶綠林」，可見當時已有大規模的果園栽培。

左上：柑橘類的花白色或黃白色，香味濃郁。
右下：橘原產於中國，栽培歷史已有數千年之久。

【荼

₁今名：苦菜

惟昊天兮昭靈，陽氣發兮清明。

風習習兮和煖₂，百草萌兮華₃榮。

菫荼茂兮扶疏，蘅₄芷彫₅兮瑩嫇₆。

————節錄〈九思‧傷時〉*

【註解】1.荼：音塗。
　　　　2.煖：音義同暖。
　　　　3.華：音義同花。
　　　　4.蘅：杜蘅，植物名，見38頁。
　　　　5.彫：凋落。
　　　　6.瑩嫇：嫇，音冥。瑩嫇，蕭瑟貌。

【另見】〈九章‧悲回風〉：故荼薺不同畝兮，蘭茝幽而獨芳。

【植物小檔案】
學名：*Sonchus oleraceus* L.
科別：菊科

一年生草本，高可達1公尺，莖一般不分枝。葉柔軟，淺裂至羽狀深裂，長10-18公分，寬5-7公分，葉緣有刺狀尖齒，下部葉基部擴大抱莖，中上部的葉無柄，基部寬大呈耳形。頭花於植株頂端排成繖房狀，總苞鐘狀，長1-1.2公分，暗綠色，苞片2-3列；舌狀花黃色。瘦果長橢圓狀倒卵形，冠毛白色。分布於歐亞大陸及台灣，為世界廣布種，生長在河谷及路邊等開闊地。

苦　菜到處都可生長，是古代的重要野菜，許多古籍及農書均有提到，例如《詩經》「誰謂荼苦」、「菫荼如飴」之荼，即是苦菜。古代時苦菜多採自荒野植株，後來大概是採食者日多，野生苦菜不敷所需，所以才逐漸進行栽培。由〈九章・悲回風〉的「荼薺不同畝」，可以知道戰國時代的楚

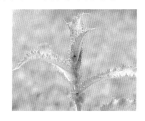

地，苦菜和薺菜已是菜園場圃中大量栽培的菜蔬了。

　苦菜味苦，菫（石龍芮，見214頁）味辛辣，在古人眼中應非可口的菜蔬，和蘅（杜衡，見38頁）、芷（白芷，見18頁）等香草自是不可相提並論。所以〈九思・傷時〉才會以菫荼的茂盛，來反襯蘅、芷的衰敗凋零。

　苦菜開黃色花，「如初綻野菊」，結子很多，常隨風飄揚，到處繁生。因不擇土宜，常侵入農地生長，

今人多視之爲雜草。古籍則將苦菜列入蔬菜類而非野草，如明代出版的《食物本草》，將苦菜列入「菜部」；清代的《廣群芳譜》苦菜亦列在「蔬譜」。

右上：苦菜是先民最早利用的一種野菜，《詩經》及《楚辭》均有記載。
左下：苦菜的頭狀花序頂生，舌狀花黃色，歐亞大陸均有分布。

【薺

₁今名：薺菜

鳥獸鳴以號₂群兮，草苴₃比₄而不芳。

魚葺₅鱗以自別兮，蛟龍隱其文章₆。

故荼薺不同畝兮，蘭茝幽而獨芳。

――――節錄〈九章・悲回風〉

【註解】1.薺：音濟。
　　　　2.號：音豪，高聲呼叫。
　　　　3.苴：音居，乾枯的草。
　　　　4.比：雜也。
　　　　5.葺：整治。
　　　　6.文章：錯雜的花色斑紋。

【植物小檔案】

學名：*Capsella bursa-pastoris*
　　　（L.）Medic.

科別：十字花科

一年至二年生草本，高20-40公分，全株有柔毛及叉狀毛。根生葉排成蓮座狀，有柄，羽狀分裂，長可達12公分，裂片近全緣至不規則粗齒緣。莖生葉基部箭形，抱莖，邊緣有缺刻、鋸齒或全緣。花序總狀，頂生或腋生，花瓣白色，瓣萼各4枚，四強雄蕊。短角果倒三角形至倒心狀三角形，扁壓。廣泛分布於歐洲、亞洲及非洲，台灣亦產。

苦菜（荼，見120頁）味苦，薺菜（薺）味甘。薺菜分布遍及全中國，生長在田邊、荒地、路旁，嫩莖葉自古以來即供作蔬食。〈九章・悲回風〉「故荼薺不同畝」，表示華中、華南地區薺菜已進行人

工栽植。至今，長江下游地區仍有人工栽培薺菜，華中農村的諺語：「三月三，薺菜煮雞蛋」，農曆三月正是薺菜最鮮嫩時節，和雞蛋共煮好吃又健康。目前大陸地區各地飯館仍可見到薺菜料理。

　　由於薺菜味甘可口，古人自然視為祥瑞之草。民間用不同植物的生長和繁茂狀況以預卜天候好壞，進而預測五穀豐歉，所用植物即有薺菜：「歲將豐，或苦惡旱疫，則輒有一草因應而生」，如師曠「以薺菜為甘草、葶藶為苦草、水藻為惡草、蒺藜為旱草、艾為病草。」若薺菜生長繁茂，表示歲豐好預兆。

　　薺菜也是藥材，《名醫別錄》記載：薺菜全草入藥，治療痢疾、水腫、吐

血、便血等症狀。現代研究指出：薺菜含薺菜酸，有止血作用，治療產後流血特別有效。

左上：薺菜分布遍及全中國及世界多數地區，自古即為優良菜蔬。
右下：古人用薺菜的生長情形來預卜作物豐歉，若薺菜生長繁茂則表示
　　　作物將大豐收。

【桂樹

古又名：桂
今名：桂花

嘉₁南州之炎德₂兮，麗₃桂樹之冬榮。

山蕭條而無獸兮，野寂漠其無人。

載營魄₄而登霞兮，掩₅浮雲而上征₆。

—————節錄〈遠遊〉

【註解】1.嘉：贊美。
2.炎德：指南方以火德旺，氣候溫暖。
3.麗：光彩貌。
4.營魄：修煉之體魄。
5.掩：遮蔽。
6.上征：上升於天。

【另見】〈九歌·山鬼〉：乘赤豹兮從文貍，辛夷車兮結桂旗。
〈大招〉：茝蘭桂樹，鬱彌路只。
〈招隱士〉：桂樹叢生兮山之幽，偃蹇連蜷兮枝相繚。
　　　　　猿狖群嘯兮虎豹嗥，攀援桂枝兮聊淹留。
〈七諫·怨世〉：桂蠹不知所淹留兮，蓼蟲不知徙乎葵菜。
〈七諫·自悲〉：登巒山而遠望兮，好桂樹之冬榮。
　　　　　　飲菌若之朝露兮，構桂木而為室。
〈九懷·匡機〉：桂水兮潺湲，揚流兮洋洋。
〈九懷·株昭〉：步驟桂林兮，超驤卷阿。
〈九歎·惜賢〉：結桂樹之旖旎兮，紉荃蕙與辛夷。
〈九歎·憂苦〉：葛藟藟於桂樹兮，鴟鴞集於木蘭。
〈九思·守志〉：桂樹列兮紛敷，吐紫華兮布條。

【植物小檔案】

名：*Osmanthus fragrans* Lour.

別：木犀科

常綠灌木或小喬木。葉對生，革質，橢圓形至橢圓狀披針形，長5-12公分，寬3-5公分，幼樹者有疏鋸齒，大樹之葉則多全緣，兩面光滑無毛。花3-5朵組成聚繖花序或簇生葉腋，花橙黃白色，有濃郁香味；花冠筒極短，4裂；雄蕊2。核果橢圓形，長1-1.5公分，熟時紫黑色。原產於中國西南，目前各地均有栽培。

桂花或桂樹在《楚辭》中為香木之類，其香在花。開花時繁星滿樹，香氣瀰漫，即所謂「鐵古金英枝碧玉，天香雲外自飄來」。名勝、古剎、庭園均普遍栽植，「清曉溯風，香來鼻觀，真天芬仙馥也。」

桂花原產於華南，叢生於岩嶺之間，所以又名「岩（巖）桂」，後來才引種到華中、華北一帶。《山海經》記載：「招搖之山，其上多桂」；《呂氏春秋》也說：「物之美者，招搖之桂」，栽培歷史已超過二千年。桂花已發展出不同花色與花期的變種：「金桂」花色橙黃，葉大而長；「銀桂」花色黃白，葉小而圓；「丹桂」花色橙紅，葉肥而厚；「四季桂」花色黃白，但四季開花。

古人視桂花及果實為「天降靈實」，如〈禮斗・威儀〉所言：「君乘金而王，其政訟平，芳桂常生。」用桂花之生來表徵政治清平，意含和《楚辭》許多篇章雷同。國人愛桂，桂花釀酒，「香隨綠酒入金杯」；「桂花點茶，香生一室」。山水畫中則常「以桂配松」，兩者品格不分軒輊。

左上：桂花的嫩枝新芽有時呈紫紅色，也是一景。
右下：桂樹開花時繁星滿樹，香氣隨風飄散，薰人欲醉，《楚辭》視之為香木。

【梧

今名：梧桐

皇天平分四時兮，竊獨悲此廩₁秋。

白露既下百草兮，奄₂離披₃此梧楸。

去白日之昭昭兮，襲長夜之悠悠。

離芳藹₄之方壯兮，余萎約₅而悲愁。

　　　　　　　　　　───節錄〈九辯〉＊

【註解】1.廩：音義同凜，寒冷。
　　　　2.奄：音演，急遽。
　　　　3.離披：分散貌。
　　　　4.藹：草木茂盛貌。
　　　　5.萎約：枯萎而稀落。

【植物小檔案】

學名：*Firmiana simplex*（L.）W. F. Wight.

科別：梧桐科

落葉喬木，嫩枝幹綠色，老時灰綠色。葉互生，3-5掌狀裂，徑可達30公分，基部心形，裂片全緣，表面近無毛，背面有星狀短柔毛，具長柄。頂生圓錐花序，花單性，萼片5裂，裂片條狀，長約1公分，無花瓣；雄蕊花絲合生成筒；雌花的雌蕊具柄，心皮5，子房基部有退化雄蕊。膜質蓇葖果5；種子黑色。分布於河北至廣東、雲南，台灣亦產。

梧桐是中國文學作品中最常出現的一種植物。從《詩經》、《楚辭》、漢賦、唐詩、宋詞、元曲、明清章回小說，歷代均有吟誦梧桐的作品。〈九辯〉所言「奄離披此梧楸」，意為快

要掉光枝葉的梧桐和楸樹，這些樹種可能為當時的行道樹或庭園樹。

梧桐妍雅華淨，賞心悅目。春季吐新芽，夏季開黃白色花，秋季葉黃，冬季落葉，四時各有不同變化，自古文人青睞有加，「人家庭院齋閣多種之」。詩人以梧桐落葉的飄零景象來抒發心情，如白居易〈和大嘴鳥〉：「青青窗前柳，鬱鬱井上桐」；李白〈秋登軒乘謝朓北樓〉：「人煙寒橘柚，秋色老梧桐」；溫庭筠〈更漏子〉：「梧桐樹，三更雨，不道離情正苦」等，都是文意優美，令人激賞的名句。

桐材木質緊密，紋理細緻，自古即用來製作琴瑟，如《桓譚新論》云：「神農使削桐為琴，繡絲為弦，以通神明之德。」以桐製琴的時代遠推至神農時期。《齊民要術》且說：「梧桐山石間生者，為樂器則鳴。」梧桐與音樂、文學關係密切。

左上：「莢……五片合成，老則開裂如箕」，描寫的即是梧桐的蓇葖果。
右下：梧桐深受文人青睞，多見於詩文中。自古至今常栽植為行道樹或庭園樹。

【黃粱

古又名：梁
今名：小米、梁、
　　　粟

蘭薄₁戶樹₂，瓊木籬些。

魂兮歸來，何遠₃為些。

室家遂宗₄，食多方₅些。

稻粢₆穱₇麥，挐₈黃粱些。

————節錄〈招魂〉*

【註解】1.薄：草木叢生。

　　　2.樹：種植。

　　　3.何遠：為何遠去而不歸。

　　　4.宗：家族之尊長。

　　　5.食多方：食物種類與烹調方法有多種。

　　　6.粢：音資，黍的一品種，見102頁。

　　　7.穱：音爵，麥的一品種，見138頁。

　　　8.挐：音如，摻雜。

【另見】〈九辯〉：鳧雁皆唼夫粱藻兮，鳳愈飄翔而高舉。

【植物小檔案】
學名：*Setaria italica*（L.）Beauv.
科別：禾本科

一年生草本，莖稈直立，高可達1.5公尺，常由基部產生分蘗。葉線狀披針形，長10-45公分，寬0.5-3公分，表面粗糙；葉鞘邊緣具纖毛，葉鞘亦綠色，可行光合作用。花序為頂生穗狀圓錐花序，穗長10-30公分，寬1-5公分，小穗簇生於縮短之花軸分枝上，長約0.3公分，基部有剛毛狀分枝1-3，成熟時分離脫落。每穗有小穗3000-10000個，均能結實。果小而量多。分布於歐亞大陸。

小米是中國古代主要的糧食作物，古名為「禾」或「穀」，栽培歷史可遠溯至石器時代。西安半坡新石器時代遺址曾挖掘出罐藏的小米粒，表示在六千年以前，華北地區已有相當規模的栽植。根據記載，自神農時代起，小米就是皇帝躬耕儀式所用的五穀之一，是古人賴以維生的穀類作物。《楚辭》〈招魂〉篇中也以稻、麥、黃粱作為主要的祭祀供品。

經長期栽培，粱粟類已發展出許多變異類型和品種，《齊民要衛》中有八十六個品種，《授時通考》則收錄二五一個品種；近代中國可辨識的品種已有一千五百個以上。其中可以粗略區分為「粟」和「粱」兩大類。果穗較小、穀粒較細、米粒不黏者為粟；果穗較大、穀粒較粗、米粒較黏者為粱。祭祀用的小米是米粒較黏的「粱」或更黏的「秫粟」。粟類米粒的外殼稱為「穎」，有紅、橙、紫、黑、黃、白等顏色，外殼黃色者即〈招魂〉中所提到的「黃粱」。

「粟」在古代曾經用以泛稱所有糧食，例如殷商遺臣伯夷「不食周粟」，其中的「粟」就是泛指糧食。由於古代的俸祿以粟的量來計數，因此「粟」也代表俸祿。

右：小米早在六千年前就已是華北地區的主要穀類作物。本圖為栽培於內蒙古地區的大穗型小米。

【藻

今名：杉葉藻

當世豈無騏驥₁兮，誠莫之能善御。

見執轡者非其人兮，故駶₂跳而遠去。

鳧₃雁皆唼₄夫粱藻兮，鳳愈飄翔而高舉₅。

————節錄〈九辯〉*

【註解】1.騏驥：音其計，良馬。
　　　　2.駶：音巨，跳躍。
　　　　3.鳧：音扶，水鳥。
　　　　4.唼：音紮，水鳥或鳥類吃食的聲音。
　　　　5.高舉：高飛。

【植物小檔案】

學名：*Hippuris vulgaris* L.

科別：杉葉藻科

水生草本，莖直立，不分枝，高可達60公分，具根狀莖，植株上部露出水面。葉4-12枚輪生，線形，長0.6-1.2公分，略彎曲，生於水中的葉較長，但質地較脆弱。花單生葉腋，花小無梗，無花被，雄蕊1，生於子房上；子房下位，花柱絲狀。核果橢圓形，長0.1-0.2公分，徑0.1公分。分布於東北、西北、華北、西南高山及日本之河邊或淺水中。

據《群芳譜》所載，經書引述的藻類有二種：一種為「水藻」，「葉長二、三寸，兩兩相對生」；另一種為「聚藻」，又稱水蘊、牛尾蘊，「葉細如絲，節節連生」。《植物名實圖考長編》也說藻有二種：「一種葉如雞蘇，莖大如箸，長四五尺」；「一種莖大如釵股，葉如蓬蒿，謂之聚藻。」這些藻類煮熟後可去除腥氣，糝和米麵蒸煮當成食物，是古代重要的救荒植物。

藻類生長在水泊池塘之中，植物體柔軟、潔淨，古代視為柔順的象徵，周代婦女用為祭品。藻類喜水，又是厭火的代表植物，古人常在屋梁上刻畫水藻圖案，既是裝飾也可用以「禳火」。宮廷寺院屋頂上的覆橑也常見水藻圖案，稱為「藻井」，作用也是防火。

古人所說的水藻可能亦指多年生的沉水草本金魚藻（*Ceratoplyllum demersum* L.）。金魚藻葉細線形，幾乎全世界的池沼中均可見到，由於植株秀美，近人多移植在魚缸或人工水池中。農家亦常在池塘中撈取金魚藻，供作牲畜、家禽飼料。

左上：藻生於水泊池塘中，是古代「厭火」（壓制火災）的代表植物。
右下：古人所說的「藻」有多種，杉葉藻是其中之一。

【菅

今名：芒草

五穀不生，藂₁菅是食些。

其土爛人₂，求水無所得些。

彷徉₃無所倚，廣大無所極些。

歸來歸來，往恐自遺賊些₄。

—————節錄〈招魂〉*

【註解】1.藂：音義同叢。
　　　2.其土爛人：指西方之土酷熱，可焦爛人肉。
　　　3.彷徉：游蕩不定。
　　　4.往恐自遺賊些：遺，音畏，給與。全句意爲
　　　　恐怕會給自己帶來災禍。

【另見】〈九思・悼亂〉：菅蒯兮野莽，雚葦兮仟眠。

【植物小檔案】

學名：*Miscanthus sinensis*
　　　Anders.

科別：禾本科

多年生草本，高可達3公尺，稈叢立，稈上有節。葉線形，寬0.5-1公分，長可達1公尺以上。頂生圓錐花序，長20-40公分，主軸長度小於花序之半；穗軸不斷落，節間與小穗柄均無毛，小穗成對，一長一短，各2小花，但僅一小花結實，基盤有毛。芒自第二外稃伸出；雄蕊3枚，柱頭自小穗兩側伸出。分布於東北至海南，大陸常見，日本亦產。

菅 即今之芒草，大江南北到處可見。芒草在春夏之間開花，花序繁茂，《爾雅》稱之為「杜榮」，「榮」即開花繁盛之意。秋冬之際果實成熟，種子數量龐大，附生長毛可隨風飄送。在空曠的荒地、石縫、屋頂均可發芽生長。

植株對生育地的要求並不嚴格，族群擴散極易，常侵入其他植群，形成優勢的芒草群落，即〈九思・悼亂〉中所說的「野莽」。〈招魂〉中「五穀不生，藂菅是食些」，意為「魂」所在之處五穀不生，只能吃芒草充飢，是負面的描寫。

　　芒草的種類很多，大陸地區分布較廣的種類尚有五節芒〔*M. floridulus*（Labill.）Warb.〕。本種植株較大，莖稈較粗，也可能是古籍所言之「菅」或稱「菅草」。芒草類和初民生活關係密切，莖葉之細者可以

葺屋，莖稈可編鞋。莖之粗者稱為「蒹」，是古人築籬笆、編屋壁、搭陰棚的材料。稈和花序穗可作掃帚，嫩葉可供牲畜飼料，初生之筍則充當茱蔬，根有利尿散血之效，也是一種藥材。

右上：芒草在春夏間開花，花序呈馬尾狀，在空曠地到處可見。
左下：「菅」可能亦指五節芒，大陸許多省區及台灣均有分布。

【屏風

今名：蓴$_1$菜

芙蓉始發，雜芰$_2$荷些。紫莖屏風，文$_3$緣波些。

文異$_4$豹飾，侍$_5$陂陁$_6$些。軒輬$_7$既低，步騎羅$_8$些。

──────節祿〈招魂〉＊

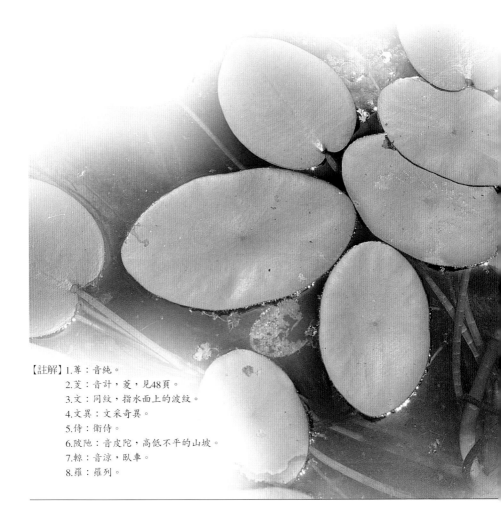

【註解】1.蓴：音純。
　　　　2.芰：音計，菱，見48頁。
　　　　3.文：同紋，指水面上的波紋。
　　　　4.文異：文采奇異。
　　　　5.侍：衛侍。
　　　　6.陂陁：音皮陀，高低不平的山坡。
　　　　7.輬：音涼，臥車。
　　　　8.羅：羅列。

【植物小檔案】
學名：*Brasenia schreberi* Gmel.
科別：蓴科

多年生水生植物。葉橢圓形至矩圓形，盾狀，幅4-6公分及5-10公分，葉背藍綠色，全緣。葉柄長25-40公分。花單生，徑1-2公分，暗紫色；萼及瓣均3-4，皆花瓣狀，宿存；花藥線形；心皮6-18，離生。堅果卵圓形，革質。分布於華中、華南、日本、印度、北美、大洋洲及非洲西部之池塘、湖泊或沼澤地。

蓴菜又名水葵、露葵，《詩經》中稱為「茆」。據《周禮》所載，蓴菜和韭菜都是古代重要的祭品。《楚辭》〈招魂〉篇中屈原假藉巫陽招魂，完全遵守當時的巫祝招魂形式。池中所見有荷菱相間之景，也有紫色莖的蓴菜，此即「紫莖屏風」。

蓴菜自古即為食用菜蔬，春夏兩季採集幼枝，其嫩葉可生食。莖部亦肥美潤滑，煮食作羹或和魚燴煮，均為齒頰生香的美食。根據經驗，每年清明節前後二十天所採摘的蓴菜嫩莖、幼葉，風味最佳。秋季植株硬化衰老，葉小而苦，僅能用以飼豬。

由於蓴菜的莖及葉背會分泌一種透明滑嫩的液體，因此最適合調製羹湯，也可以加鹽、豆豉醃製煮食，此即所謂的「千里蓴羹，末下鹽豉」（千里、末下均

為地名），是馳名遠近的佳餚。

蓴菜質地滑柔，風味特殊，且含有蛋白質、脂肪、磷、鐵等多種營養物質，至今仍為蘇州地區的名菜。各種蓴菜湯餚均清香可口，滑而不膩。加工製作的蓴菜色澤碧綠，已成為國內外爭購的食品。

右上：蓴菜的嫩葉及葉背有透明滑嫩的液體，最適合調製羹湯。
左下：「千里蓴羹」至今仍是遠近馳名的一道佳餚。

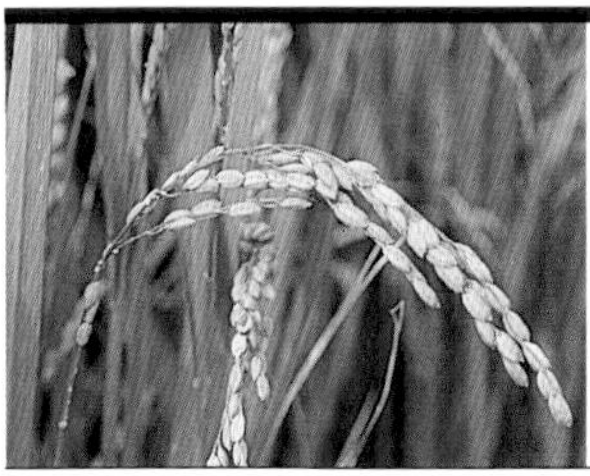

稻

今名：稻

稻粢[1]穱[2]麥，挐[3]黃粱些。

大苦鹹酸，辛甘行[4]些。

肥牛之腱，臑[5]若芳些。

和[6]酸若[7]苦，陳[8]吳羹[9]些。

————節錄〈招魂〉*

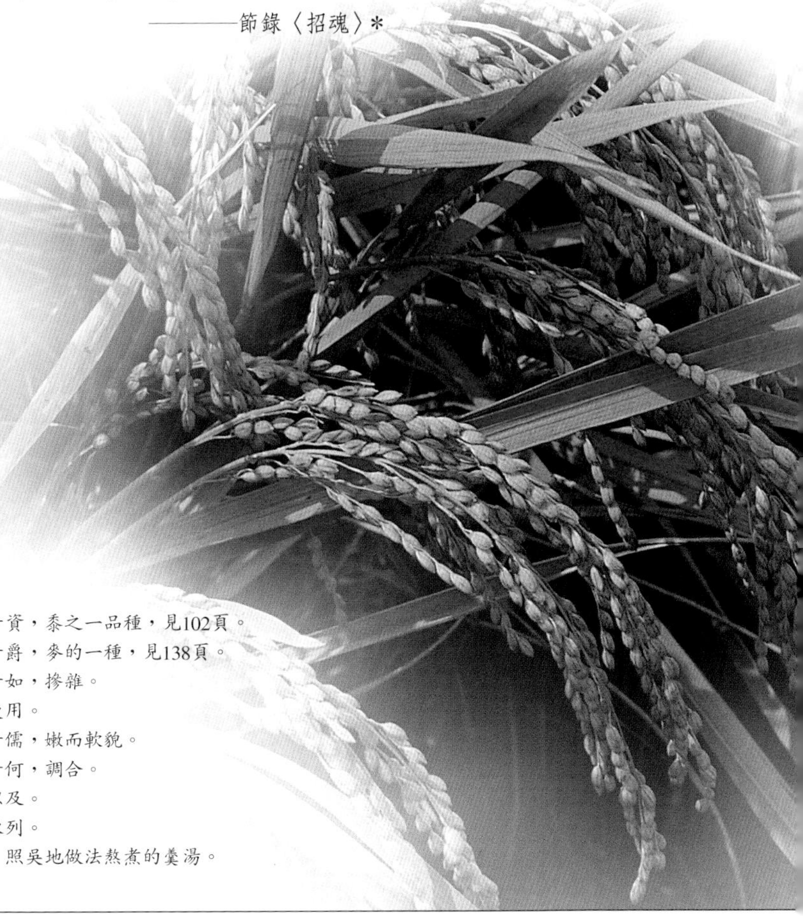

【註解】1.粢：音資，黍之一品種，見102頁。
2.穱：音爵，麥的一種，見138頁。
3.挐：音如，摻雜。
4.行：使用。
5.臑：音儒，嫩而軟貌。
6.和：音何，調合。
7.若：以及。
8.陳：陳列。
9.吳羹：照吳地做法熬煮的羹湯。

【植物小檔案】
學名：*Oryza sativa* L.
科別：禾本科

一年生草本，稈直立，叢生，高可達80公分。葉披針形至線狀披針形，寬0.8-1.5公分，葉舌顯著，幼時有明顯葉耳。圓錐花序疏散、直立或下垂，小穗卵圓形，兩側扁壓，含3小花，下方2小花已退化；花柱2，羽狀，鱗被（退化花被）3，雄蕊6；穎極退化，具芒，內稃有三脈。原產於中國南方及印度，目前已在全世界之熱帶、亞熱帶及溫帶地區栽植。

中國的稻米栽培起源自華南的熱帶地區，而後逐漸向四周傳布。一九七三年出土的浙江餘姚河姆渡遺址，發現有大量的稻殼。可見在七千年以前，華中、華南地區已有大面積的稻米栽培。

　稻米的分布由南而北，最後拓展到北緯五十度以北的黑龍江流域。最遲在《詩經》時代，華北地區已見稻米分布，所以〈小雅・白華〉才有「滮池北流，浸彼稻田」之句，但是種植面積並不大。由於產量不多，稻米在當時的華北地區相當昂貴，只有貴族王公才能享用。當時最高級的釀酒材料也是稻米，即鄭玄的《饗禮注》所說之「凡酒，以稻爲上，黍次之，禾（粟）又次之」。

　稻是古代祭典中的主要祭品。《禮記》的祭祀宗廟之禮，祭品用稻米，且稱稻爲「嘉蔬」。稻不但用於

貴族祭禮，連平民拜祭祖先神衹，也供獻稻米以表敬意，如《禮記》〈王制〉所言：「人春薦韭，夏薦麥，秋薦黍，冬薦稻。」〈招魂〉中所用的祭品琳瑯滿目，包括稻、麥（見138頁）、黃粱（見128頁）等，且以稻爲首，說明當時位於長江流域的楚地，稻是民生食糧也是重要祭品。

右上：水稻是戰國時代楚地最重要的糧食作物。
左下：水稻的花是風媒花，花瓣已經退化。

【䅭

古又名：麥

1 今名：麥

室家遂宗₂，食多方₃些。

稻粢₄䅭麥，挐₅黃粱些。

大苦鹹酸，辛甘行₆些。

肥牛之腱，臑₇若芳些。

和酸若₈苦，陳吳羹些。

————節錄〈招魂〉＊

【註解】1.䅭：音爵。
　　　　2.宗：家族之尊長。
　　　　3.食多方：供祭的食物有許多種。
　　　　4.粢：音資，黍的一品種，見102頁。
　　　　5.挐：音如，摻雜。
　　　　6.行：使用。
　　　　7.臑：音儒，嫩而軟貌。
　　　　8.若：以及。

【植物小檔案】

學名：*Triticum aestivum* L.

科別：禾本科

一年生或越年生草本，稈叢生，高60-100公分。葉長披針形，寬1-2公分，葉鞘鬆弛包莖。花序穗狀，直立，長5-10公分，徑1-1.5公分，小穗通常單生於穗軸節，各有3-9小花，上部者不發育。穎革質，上半部具脊，7-9脈；內稃具雙脊，脊上有狹翅，外稃具芒或不具芒。穎果卵圓形至長圓形，先端有毛。全世界廣泛栽培，是主要的糧食作物。

古籍中的「麥」或「來」，均指小麥而言。中國的穀類，大多以「禾」為部首，如黍、稷、稻等，而小麥古名為「來」，可推斷其為外來植物。

　　遠在石器時代，埃及與希伯來人已開始種植小麥。最遲在春秋時代，中國就已經由邊疆地區的遊牧民族引進小麥。大量傳入中原的時間，可能是在張騫通西域之後，即兩漢中葉（公元前一至二世紀），所以董仲舒才有「五穀最重麥」之歎。〈招魂〉中的「稻麥」二字均指小麥，其中「稑」是小麥的一種，屬於早熟的品系。

　　小麥穀粒營養含量高，含大量蛋白質、維生素和核黃素等，全世界各地均有栽植，目前已成為世界三分之一人口的主食。

　　但有學者認為，甲骨文和周代金文中的「麥」，都應解作大麥。大麥原產於中國邊緣的山嶽地帶，包括雲南、西康、青海、蒙古至朝鮮半島。這些地區的居民，自古以來均栽培裸麥（大麥的品種之一）維生。如果採用此說，古籍中的「麥」則一律解為大麥。

左上：小麥穎果的芒向外微張，與大麥不同。
右下：小麥最遲在春秋時代由遊牧民族引進中原，到漢代時已經是「五穀最重麥」了。

【柘

1 今名：甘蔗

胹2鱉炮羔，有柘漿些。

酸鵠膪3鳬4，煎鴻鶬5些。

露雞6臛蠵7，厲8而不爽9些。

————節錄〈招魂〉*

【註解】
1.柘：音蔗。
2.胹：音而，煮熟。
3.膪：音絹，一種煮肉方法，類似現今的燉。
4.鳬：音服，水鳥。
5.鶬：音倉，水鳥名。
6.露雞：烤雞或滷雞。
7.臛蠵：臛，音霍，肉羹。臛蠵則是以龜肉煮羹。
8.厲：味道濃烈。
9.不爽：沒有失敗。

【植物小檔案】

名：*Saccharum sinensis* Roxb.
別：禾本科

多年生高草本，高度可達3公尺以上，稈粗壯，徑2-5公分，綠色至棕紅色，分主莖與分蘗莖。葉片闊而長，寬2.5-5公分，葉表面粗糙，葉緣有細鋸齒，葉片基部有葉鞘相連，葉鞘包住莖稈，每節一葉。圓錐花序白色，長40-80公分，主軸有白色絲狀毛，花序多節，穗軸逐節斷落，小穗成對生於各節，一有柄，一無柄，均結實。廣泛栽培於熱帶及亞熱帶地區。

兩漢之前，「柘」指的是甘蔗。除《楚辭》外，漢代《郊祀歌》中「泰尊柘漿」的「柘」也是甘蔗，「柘漿」就是甘蔗汁。

　　《詩經》及其他古籍均未提過甘蔗，因此中國最早記載甘蔗的文獻應為《楚辭》〈招魂〉。由本篇可知，戰國末期，楚國已經榨甘蔗汁作飲料了。兩漢時代，楚地已有甘蔗生產，司馬相如的〈子虛賦〉，描寫楚地雲夢大澤的產物有：「其東則有……諸柘巴苴」，「諸柘」即甘蔗。

　　甘蔗的種類和品種極多，《群芳譜》收錄的有竹蔗（杜蔗）、荻蔗（白蔗）、西蔗及紅蔗數種。中國早年栽培者，包括《楚辭》本篇所提的甘蔗，應為莖皮白色或淺青、淺黃近於白色，蔗稈較細且節間較長的竹蔗或荻蔗，俗稱「中國竹蔗型種」，為抗瘠耐旱的品

種。原產地在華南，春秋戰國時代之前，已向華中一帶發展。漢代以後才引進稈長、節密、汁多、糖分高的「熱帶型種」（*S. officinarum* L.）。至於目前作為果蔗栽植的黑皮甘蔗，則是晚近引進的品種。

右上：甘蔗汁在戰國末期已成為華中、華南地區重要的飲品。
左下：《楚辭》所說的甘蔗，應是此類莖皮淺青或淺黃的竹蔗或荻蔗。

【梓

今名：梓樹

晉制犀比$_1$，費白日$_2$些。鏗$_3$鐘搖簴$_4$，揳$_5$梓瑟些。

娛酒不廢，沉日夜$_6$些。蘭膏明燭，華鐙錯$_7$些。

————節錄〈招魂〉＊

【註解】1.犀比：腰帶的帶鉤。
　　　　2.費白日：費，發光。費白日意爲在陽光下閃閃發光。
　　　　3.鏗：撞擊。
　　　　4.簴：音具，鐘架。
　　　　5.揳：音械，彈奏。
　　　　6.沉日夜：日以繼夜沉溺於飲酒作樂。
　　　　7.錯：同措，放置。

【植物小檔案】
名：*Catalpa ovata* Don
別：紫葳科

落葉喬木，嫩枝無毛至具長柔毛。葉對生，寬卵形至近圓形，長10-25公分，寬7-20公分，先端突尖，基部圓形或心形，3-5淺裂或不分裂，葉柄長，嫩時有長柔毛。圓錐花序，花合瓣；花冠淡黃色，內有黃色條紋及紫色斑點，長約2公分。朔果長20-50公分；種子長橢圓形，兩端生長毛。分布於華北、華中、東北及西北各省。

　自古以來梓樹就是重要的用材樹種。梓木木材性質優良，紋理美觀、不易翹裂，雕刻、建築均適宜，爲古代栽植普遍的樹種。宋代大儒朱熹的《詩集傳》說道：「桑、梓二木，古者五畝之宅，樹之牆下，以遺子孫，給蠶食、器具用者也。」由於桑、梓經濟價值高，古時住家旁必種此二樹。

　　梓樹樹幹修直，葉形秀麗。春季繁花滿樹，隨風搖曳，十分美觀，古今常栽植爲行道樹和庭園樹，西安大小興塔庭院中即有古梓樹。西南地區的城市及鄉村街道上，也可見到成排的梓樹。

　　梓木木材紋理均勻，軟硬度適中，極易下刀鏤刻。因此古代印書刻版，多用梓木，刻印書籍因而稱「付梓」，一直沿用至今。梓木也用於製作琴瑟，所謂的「桐天梓地」，即指琴身上部用梧桐木（見126頁），琴底則使用梓木。此外，梓材亦爲古代名貴的棺木材料，皇帝賜功臣「梓器」（梓木棺材）；皇后死後規定用梓棺，名爲「梓宮」。梓樹當作藥材使用最早見載於《神農本草經》，樹皮、樹葉、果實，各具療效。

左上：梓樹自古即為用材樹種，春季開花，花冠顏色鮮豔。
右下：朔果長條狀，遠望有如纖細的豆莢。

【楓

今名：楓香

朱明₁承夜兮時不可淹₂，皋蘭被徑兮斯路漸₃。

湛湛₄江水兮上有楓，目極千里兮傷春心。

魂兮歸來哀江南。

————節錄〈招魂〉*

【註解】1.朱明：太陽初升之景。
　　　　2.淹：久留。
　　　　3.漸：音尖，淹沒。
　　　　4.湛湛：音站，水深貌。

【植物小檔案】

學名：*Liquidambar formosana*
　　　Hance

科別：金縷梅科

落葉大喬木，樹皮縱裂。單葉互生，掌狀3裂，闊卵形，基部心形，邊緣有鋸齒；葉柄長10公分左右；托葉線形，早落。花單性，同株；雄花排成穗狀，再形成總狀，雄蕊多數；雌花排成頭狀花序，花無瓣。蒴果集生成圓球狀，2裂；種子多角形或有窄翅。分布於秦嶺、淮河以南至越南北部，台灣亦產。

入秋降霜以後，楓樹葉色變紅，為秋天一景，自古文人騷客多以「楓林」來形容秋色。詠楓之作不乏佳句，如杜牧的「停車生愛楓林晚，霜葉紅於二月花」，以及元結的「千里楓林煙雨深，無朝無暮有猿吟」等。漢代以降，宮殿常種植楓樹和槐樹，成為王室宮禁的景觀指標。〈招魂〉篇中，在江岸上極目所見都是楓樹，描寫的就是當時的江南風光。

　　古人對楓樹另有一番敬畏之情，衍生出許多怪誕傳說：《南方草木狀》說：楓香樹幹上生有瘤瘿，形狀有如人頭，特稱為「楓人」，據說有通神之驗。天旱時節，巫師將竹子束在「楓人」頭上施法求雨。《爾雅疏》說：楓樹上有寄生植物「楓子鬼」，天旱時，塗上泥巴可得雨。《本草綱目拾遺》所說就更神奇了：楓實貼上金箔，插在頭髮上，可使老婦眼清目明。

　　楓香是重要的造林樹種之一，「純林者，霜侵紅葉，血染疏林」，是秋天最美麗的景致。葉可做天蠶飼料，果實成熟後曬乾，焚燒有濃郁香味，古人用作薰衣避瘴疫的香料。

右上：楓樹的果實圓球狀，由許多小蒴果集生而成。
左下：入秋以後，楓葉顏色轉紅，天氣越冷，顏色越紅。

【菰

今名：茭白

五穀六仞₁，設菰粱只。鼎臑₂盈望，和致芳₃只。

內鶬₄鴿鵠，味₅豺羹只。魂乎歸來，恣₆所嘗只。

—————節錄〈大招〉

【註解】1.仞：八尺曰仞，此處用以形容積穀之高。
　　　　7.臑：音儒，嫩而軟貌。
　　　　3.和致芳：調和味道以求芳香。
　　　　4.鶬：音倉，水鳥。
　　　　5.味：作動詞解，調味。
　　　　6.恣：音自，任意。

【植物小檔案】

名：*Zizania latifolia* Turcz.

別：禾本科

多年生水生草本，地下莖肥厚。葉鞘肥厚，葉片線狀披針形，長30-100公分，寬2-3公分，先端芒狀漸尖，基部漸狹；邊緣粗糙，背面中肋凸出。圓錐花序長30-60公分；雄小穗通常生於花序下部，有短柄，呈紫色，雄蕊6；雌小穗通常位於花序上部。穎果圓柱形，長約1公分。分布各地。

菰是茭白的古稱，會開花結實。其種子稱「菰米」或「雕胡米」，為古時重要的穀物。《周禮》中將菰米和稻、麥、黍、粟並列，可見也是當時的主食。杜甫詩有「波漂菰米沉雲黑」和「滑憶雕胡飯，香聞錦帶羹」句，以菰米煮飯香脆可口，是當時王公貴族食用的珍品。

　　秦漢以前，一直到北魏賈思勰的《齊民要術》，茭白還是穀類作物，如〈大招〉中即作為穀類祭品，與梁（小米，見128頁）並提。但是菰的花期太長，種子的成熟期不一，必須分批採收，且穀粒容易脫落，所以產量不高，逐漸為其他穀類所取代。後來，只有在荒年歲饑時，才會採收菰米以補充糧食之不足。

　　南北朝（六世紀）以後，由於植株受到一種菰黑粉菌的侵入，分泌出稱為「吲哚乙酸」的生長激素，使茭白無法正常抽穗開花，失去結實生殖的能力，但卻刺激嫩莖基部細胞增生，形成肥大鮮美的「茭白筍」，當時稱為「蓬蔬」，這是最獨特的一種蔬菜。茭白遂由穀類作物搖身一變為蔬菜。

左上：現代的茭白一般不開花。本圖為茭白花序，結實後的種子稱為「菰米」。

右下：茭白從穀物變為蔬菜，在各地廣為栽培。此為福建山區一村落的茭白田。

【蘘荷

古又名：苴蓴₂
今名：蘘荷

掘荃蕙與射干₃兮，耘藜藿₄與蘘荷。

惜今世其何來殊₅兮，遠近思而不同。

———節錄〈九歎·愍命〉*

【註解】1.蘘：音攘，讀為讓之第二聲。

2.苴蓴：音居純。

3.射干：香草名，見198頁。

4.藿：音或，赤豆，見202頁。

5.殊：殊異，此處形容命運舛異。

【另見】〈大招〉：醢豚苦狗，膾苴蓴只。

【植物小檔案】

學名：*Zingiber mioga*（Thunb.）Rosc.

科別：薑科

多年生草本，全株芳香。根莖淡黃色。葉披針狀橢圓形至線狀披針形，長20-35公分，寬4-6公分，先端尾尖；葉柄短。穗狀花序橢圓形，長5-7公分，由根莖長出；苞片覆瓦狀排列，橢圓形，紅綠色具紫脈。花淡黃色，唇瓣卵形，3裂。蒴果倒卵形，3瓣裂，果皮內側為鮮紅色。種子黑色，被白色假種皮。分布於安徽、江蘇、浙江、湖南、江西、廣東、廣西和貴州。

蘘荷和其他薑科植物一樣，耐陰性極強，適合種在樹蔭下。農曆二月種植，根莖可長出新株，所以無須每年耕鋤耘種。花穗及嫩芽供食用，花序未開時，可摘下醬漬或鹽醃，可耐久藏。莖與葉可製纖維，根供藥用。植株各部分，特別是根莖含 α-Pinene、β-Pinene和 β-水芹烯（β-phellandrene），具特殊香氣。《楚辭》以蘘荷為香料，用於烹煮豬肉、狗肉（醢豚苦狗，膾苴蒪只）；並當成香草，和荃（菖蒲，見66頁）、蕙（九層塔，見30頁）等植物並提。

《荊楚歲時記》記載：古時華中、華南地區，在仲冬時會儲藏蘘荷以為「防蠱」之用。據說蘘荷根對於克制南方瘴氣蠱毒非常有效。除《楚辭》提到蘘荷外，《周禮》中也稱之為「嘉草」，用於除毒蠱及祈神；《史記》稱之為「猼且」；《說文》謂之「菖蒩」。歷代詩文鮮少提到蘘荷，除了《楚辭》兩篇外，還有漢代司馬相如〈上林賦〉的「茈薑蘘荷」，「茈」為紫草（見68頁）。

中藥上稱本植物的葉為「蘘草」，花穗稱「山麻雀」，果實稱「蘘荷子」，在華中、華南地區的地方性本草誌中均有記載。

右上：蘘荷的花序。花未開時，可採集醬漬或鹽醃供食用。
左下：蘘荷的枝葉稱為「蘘草」，具有香味。

【蒿蔞

1 今名：蔞蒿

鮮蠵₂甘雞₃，和₄楚酪₅只。醢₆豚苦狗，膾苴蒪₇只。

吳酸蒿蔞，不沾薄₈只。魂兮歸來，恣₉所擇只。

————節錄〈大招〉

【註解】1.蒿蔞：蒿，讀為浩之第一聲；蔞，音樓。
　　　　2.蠵：音西，大龜。
　　　　3.甘雞：田雞。
　　　　4.和：調和味道。
　　　　5.酪：醋漿。
　　　　6.醢：音海，肉醬。
　　　　7.苴蒪：音居純，蘘荷，見148頁。
　　　　8.沾薄：指味道濃淡。
　　　　9.恣：音自，任意。

【植物小檔案】
學名：*Artemisia selengensis*
　　　Turcz. *ex* Bess.
科別：菊科

多年生草本，根狀莖橫走，地上莖直立，高可達1.5公尺，植株具香氣，基部木質化。葉紙質，寬卵形，不分裂至3-5裂，裂片全緣至細鋸齒，裂片披針形，表面綠色，背面密被灰白色絨毛。頭狀花序排列成圓錐花序，花黃綠色。分布於東北、華北、華中、華南各省之低海拔河岸和沼澤地帶，可在水中生長，森林山坡上也可見。

蔞蒿有時僅稱「蔞」。古人認為有水陸二種：陸生者為今之「艾蒿」（*Artemisia argyi* Levl. *et* Vant.），味道比較不美；水生者，即《爾雅》所說的

「由胡」或「水蒿」，即今之蔞蒿，辛香而味美。〈大招〉提到的「蒿蔞」，可能包含艾蒿和蔞蒿兩種，均可食用或當作祭品。

蔞蒿在農曆二月發苗，幼嫩莖葉可蒸食之。生長在潮濕土壤的根莖，白而脆，「生熟葅曝皆可食」。或採蔞蒿嫩莖，用鹽醃製曬乾，滋味更美，可儲藏備用。所以《詩經》〈召南〉有「翹翹錯薪，言刈其蔞」句，「蔞」即為蔞蒿，至今仍是華北、華中地區重要的菜蔬。蔞蒿可能也是古代的重要祭品，《左傳》：「夫人執蘩菜助祭」，「蘩菜」可能也是蔞蒿。

民間又傳說蔞蒿能解河豚毒，如宋朝蘇軾的詩：「蔞蒿滿地蘆芽短，正是河豚欲上時」。荒年時，更是重要的救荒野菜，《救荒本草》謂之「藺蔞」。蒿類開花結實之後，植株纖維增多，無法供作菜蔬，僅能當作柴薪或藥材使用。

左上：開花結實以後的蔞蒿，植株硬化，僅能當作薪柴或藥材。
右下：幼嫩的蔞蒿芽，古人取用為蔬菜，也是重要的祭品。

今名：板栗

块₁兮軋₂，山曲㟧₃，

心淹₄留兮恫慌忽。

罔兮沕₅，憭₆兮慄，虎豹穴，

叢薄₇深林兮人上慄。

————節錄〈招隱士〉

【註解】1.块：音央，塵埃多，此處指霧氣濃。
　　　　2.軋：結聚。
　　　　3.㟧：音佛，山間狹道。
　　　　4.淹：久。
　　　　5.沕：音勿，深微貌。此處指憂思深。
　　　　6.憭：音瞭，悽愴。
　　　　7.薄：草密集叢生。

【植物小檔案】
學名：*Castanea mollisima* Blume
科別：殼斗科

落葉喬木，樹皮灰褐色，縱裂。葉互生，長橢圓形至橢圓狀披針形，長10-18公分，寬4-7公分，表面光滑，背面披灰白色短柔毛，側脈10-18對，葉柄長1-2公分；葉緣有鋸齒，齒端芒狀。葇荑花序直立，雄花序長5-15公分，雌花簇生於花序基部。堅果2-3個生於殼斗內，殼斗完全包被堅果，外密被長刺。產於東北、華北、華中及華南各省。

詩文中提到的栗，除板栗外，可能還包括其他兩種以採收堅果爲目的而栽植的栗類：其一爲錐栗〔*Castanea henryi*（Skan）Rehd. *et* Wils.〕，其二爲茅栗（*C. sequinii* Dode）。三者中以板栗的果實最大，而以茅栗的果實最小。由

於三者葉形相似，所以不易由葉形區分。板栗可長成大樹，茅栗則爲小型喬木，栽培的栗類一般以板栗爲多。

　　古代栗類到處可見，在有農業活動之前，原始人類均採集栗類堅果供食。此即《莊子》所云：「古者獸多民少，皆巢居以避之。晝食橡栗，暮棲樹上。」可見栗類在人類發展史上有其重要地位。

　　歷代經書文獻，從《詩經》、《楚辭》以下，各種典籍均不乏栗類的記載：不論是《詩經》「東門之栗」或「隰有栗」，都足以說明栗類在春秋戰國時代，已

是重要的經濟樹種。《論語》云：「周人以栗」，周人以栗爲社木，周都豐鎬當時就種有許多板栗。《夏小正》以板栗果實成熟季節記時，即「八月栗零」，將板栗果實成熟掉落的時期訂爲八月。

右上：板栗開黃白色花，花香濃郁。
左下：板栗是春秋戰國時代重要的經濟樹種，以收成堅果為主。

【青莎

今名：莎草；
　　　香附子

欽岑₁碕礒₂兮硱磳魂硊₃，樹輪相糾兮林木茷骫₄。

青莎雜樹兮薠草₅霍靡₆，白鹿麏麚₇兮或騰或倚。

──────節錄〈招隱士〉*

【註解】1.岑：小而高的山。
　　　2.碕礒：音其以，多石貌。
　　　3.硱磳魂硊：硱，音君；磳，音增；魂，讀爲虧之第三聲，
　　　　大石貌；硊，音偉。全句形容山勢高聳，石頭遍布。
　　　4.茷骫：茷，音罰，枝葉眾多；骫，音偉，枝幹彎曲。
　　　5.薠草：薠，音煩；薠草，水毛花，見74頁。
　　　6.霍靡：霍，音或，草木盛貌；靡，迎風而倒。
　　　7.麏麚：麏，音君，形似鹿而小；麚，音加，短頸的牝鹿。

植物小檔案】
學名：*Cyperus rotundus* Linn.
科別：莎草科

多年生草本，根莖匍匐，有橢圓形塊莖。莖直立，三稜形，散生，高度可達80公分。葉叢生於莖基部，葉鞘抱莖，常裂成纖維狀，葉長線形，長20-50公分，寬0.2-0.5公分。花序穗狀，頂生，3-10花穗排成繖狀，下有葉狀苞2-3；花深茶褐色，排列繁密，呈二列，每小穗1花；雄蕊3；柱頭3裂。堅果橢圓狀到卵形，3稜。分布於華北、西北、華中、華南，台灣亦產，為世界廣布種。

本篇「青莎」，可能是莎草屬（*Cyperus*）一類的植物，中國境內有三十六種，光是台灣一地就有二十四種，包括水生及旱生種類。按〈招隱士〉：「青莎雜樹兮」推敲，此處的「青莎」應為旱生莎草類。其中分布最廣、各地均有生產者為香附子。

香附子原名「莎草」，植株揉之有香味，根部除鬚根外，另有根狀莖蔓延匍匐狀，上有橢圓形塊莖，古稱「根上結子」。此塊根香味濃烈，可由先端萌發新苗，因此才稱香附子。

歷來解經者對青莎所指的植物種類莫衷一是。例如陸璣《詩疏》認為莎草即「夫須」，為今之薹草（*Carex dispalata* Boott.）。《爾雅翼》說：「莎草可為衣，以禦雨。今人謂之蓑衣。」認為莎草即「蓑草」〔*Eulaliopsis bianata*（Retz.）C. E. Hubb.〕。《植物名實圖考》說：莎草名「三稜草」，用莖做鞋履，即荊三稜（*Scirpus yagara* Ohwi）。但〈招隱士〉中，青莎和樹木錯雜生長，應屬旱生植物，因此青莎解為香附子較為合理。

左上：香附子的成熟花序，呈深茶褐色。
右下：「青莎」應為莎草類植物。香附子是分布最廣的陸生莎草，到處可見。

柚

今名：柚

雜橘柚以為圃₁兮，列新夷₂與椒楨₃。

鵾₄鶴孤而夜號₅兮，哀居者之誠貞。

—————節錄〈七諫・自悲〉*

【註解】1.圃：一作圓，圜圜。

2.新夷：植物名，見80頁。

3.楨：女貞，見172頁。

4.鵾：音昆，鳥名，形似鶴。

5.號：音豪，啼叫。

【另見】〈七諫・初放〉：斬伐橘柚兮，列樹苦桃。

【植物小檔案】
學名：*Citrus grandis*（L.）
　　　Osbeck
科別：芸香科

常綠喬木，小枝扁，被柔毛，有硬刺。葉卵狀橢圓形，革質，滿布腺點，長8-18公分，寬2-6公分；邊緣有鈍鋸齒；葉柄具倒心形寬翼。花單生或簇生於葉腋，長2-2.5公分；花瓣5，反曲，白色；雄蕊多數，花絲連生成束。

柑果球形或梨形，直徑10-25公分，果皮黃色，多腺點。長江以南各省廣泛栽植，為熱帶、亞熱帶地區的主要果樹。

柚原產於亞洲熱帶及亞熱帶地區，在華中、華南地區的栽培歷史悠久。《呂氏春秋》云：「果之美者，雲夢之柚」，雲夢大澤位於今湖南及湖北一帶，當時已栽培柚樹。此外，成書於三世紀的《廣志》也記載：「成都別有柚，大如升」。由〈七諫・初放〉及〈七諫・自悲〉兩篇，可以得知戰國時代，柚和橘、桃等同為華中地區的時令水果，且橘、柚已有大面積栽植。

柚子是果中珍品，古時產自有名地區的橘柚非尋常人可以享用，「三代之際，江浦之橘，雲南之柚，非為天子不可得而具」。後來發展出果樹之外的用途，如《番禺縣志》記載：「中秋夜，童子取紅者（果瓢紅色）雕花，或作成龍鳳形為燈，攜以玩月。」由於柚、佑同音，古人也栽種柚子以庇佑子孫。

柚花白色清香，可提煉成香精，供婦女使用。柚子營養豐富，含多種維生素、胡蘿蔔素、檸檬酸、鈣、磷等礦物元素，古今均視為重要水果。其果皮、核均可入藥，有消食化痰功效。

右上：白色的柚花花香芳馥，可提製香精。
左下：經長期栽培，柚已發展出許多品種。本圖為香甜多汁的文旦柚。

【苦桃

今名：山桃；毛桃

斥逐鴻鵠₁兮，近習₂鴟梟₃。

斬伐橘柚兮，列樹₄苦桃。

　　　　　　　——節錄〈七諫‧初放〉*

【註解】1.鴻鵠：鵠，音胡；鴻鵠，大鳥。
　　　　2.習：熟。
　　　　3.鴟梟：音癡消，惡鳥。
　　　　4.樹：種植。

【植物小檔案】
學名：*Prunus davidiana*（Carr.）
　　　Franch.
科別：薔薇科

落葉灌木至小喬木，樹皮呈暗紅紫色，富有光澤；小枝纖細。葉片互生，卵狀披針形至長橢圓狀披針形，長6-10公分，寬2-3公分，先端長漸尖，基部寬楔形，細鋸齒緣；葉柄長1-2公分。花單生，瓣粉紅色或白色，徑2-3

公分；雄蕊多數。核果球形，徑約3公分，外密被絨毛。分布於華北、西北、西南以及長江流域各省。

桃原產中國，栽培歷史悠久，後來傳布到世界各地。經過長期栽植，桃的品種目前全世界已有三千多個，中國境內也有三百多個。古今種桃的目的，主要是收成果實。但是，春季桃花如雲，爛漫芳菲，「有紅、白、粉紅、深粉紅之殊」，長期以來也發展出許多觀花品種，單瓣、重瓣兼而有之。

　　山桃葉較一般的栽培桃細而小，果實徑亦小，外面布滿絨毛，因此又稱「毛桃」，兩者不同種。山桃味極苦，無法直接食用，應為〈七諫‧初放〉篇所言之苦桃。砍伐滋味甜美的橘柚，反而栽植味道苦澀的山桃，仍是詩人的自況與哎歎。

　　山桃多係野生，耐寒且耐鹽鹼土壤，比多數的果樹有更大的生態適應性，長久以來多作為桃李梅等同屬植物的砧木。木材質硬而重，可製作手杖及裝飾品。果實加工後可製果醬及果乾，亦用來釀酒。花色多種：白色者稱白花山桃（var. *alba* Bean.），玫瑰紅者為紅花山桃（var. *rubra* Bean），葉表面有光澤者為光葉山桃（var. *potaninii* Rehd.），「春時穠麗」，觀賞價值不遜一般桃花。

左上：春季的山桃花豔麗討喜，頗具觀賞價值。
右下：山桃果徑較小，果皮外覆絨毛，因此又稱「毛桃」；由於味極
　　　苦，也稱「苦桃」。

【竹

今名：剛竹；桂竹

便娟₁之脩₂竹兮，寄生乎江潭。

上葳蕤₃而防露兮，下泠泠₄而來風。

孰知其不合兮，若竹柏之異心。

往者不可及兮，來者不可待。

　　　　　　———節錄〈七諫・初放〉＊

【註解】1.便娟：便，讀為偏之第二聲；
　　　　　便娟，輕盈美好貌。
　　　　2.脩：音休，長也。
　　　　3.葳蕤：蕤，讀為蕊之第二聲；
　　　　　葳蕤，繁盛貌。
　　　　4.泠泠：音零，清涼貌。

【植物小檔案】
學名：*Phyllostachys bambusoides*
　　　　Sieb. *et* Zucc.
科別：禾本科

散生型竹類，稈高8-20公尺，直徑4-12公分，綠色，有光澤，稈節甚突起。籜淡綠色至淡紅色，散布深棕色斑點，光滑無毛；籜葉線狀三角形，外翻。每小枝具葉2-6片，葉披針形至闊披針形，長8-15公分，寬1-2.5公分，

先端急尖，基部鈍圓，側脈5-6對。分布於華北、華中及華南，多生於丘陵及溪流附近。

竹 在《楚辭》中共出現兩次，均在〈七諫・初放〉篇中，詩人並未言明是什麼種類。但所指為脩竹，且竹、柏並提，推測應為竹稈修長、分布於長江流域的種類。常見的有剛竹和毛竹（*Ph. pubescens* Mazel），兼具觀賞、食用及提供器用等價值。

　　大概在有文字記載之前，就已開始利用竹類。殷周時代的先民用竹稈製箭矢、造書簡，並編製竹器；晉代開始用竹造紙，陶侃用竹造船，距今都有一千年以上的歷史。至於「食者竹笋」（蘇東坡語），更說明以竹為食物的文化，淵遠流長。

　　竹類歷霜雪而不凋，姿態萬千，可謂雅俗共賞。移竹庭中即成高樹，「能令俗人之舍，不轉盼而成高士之廬」。茂林修竹、秀竹滴翠，對於意境之營造常有神來之筆。古人歌頌竹類堅貞不屈的特性，說：「咬

定青山不放鬆，主根原在破岩中。千磨萬擊還堅勁，任爾東西南北風。」文人更常以竹之虛心有節，比喻虛心自持的美德，或自況剛直不阿，即所謂「玉可碎而不可改其白，竹可焚而不可毀其節」。

右上：《楚辭》所提到的脩竹，除剛竹外，可能也包括毛竹。
左下：毛竹的竹稈節下有白毛，葉籜（筍殼）也密被刺毛，所以稱為「毛竹筍」。

今名：飛蓬

不開寤₁而難道₂兮，不別橫之與縱。

聽奸臣之浮說兮，絕國家之久長。

滅規矩而不用兮，背₃繩墨之正方。

離₄憂患而乃寤₅兮，若縱火於秋蓬₆。

————節錄〈七諫‧沉江〉＊

【註解】1.寤：同悟。
2.道：導也。
3.背：違背。
4.離：同罹，遭受。
5.寤：覺醒。
6.縱火於秋蓬：秋蓬枯槁，一旦放火，將一發不可收拾。

【另見】〈七諫‧怨世〉：蓬艾親入御於床笫兮，馬蘭踸踔而日加。
〈七諫‧謬諫〉：菎蕗雜於廳蒸兮，機蓬矢以射革。
〈哀時命〉：菎蕗雜於廳蒸兮，機蓬矢以射革。
〈九歎‧怨思〉：執棠谿以制蓬兮，秉干將以割肉。

【植物小檔案】
學名：*Erigeron acer* L.
科別：菊科

二年生草本，莖有稜，密生粗毛，高可達60公分，上部分枝。葉互生，基生葉和下部葉倒披針形，長2-10公分，寬0.3-1.2公分，兩面被硬毛，全緣或具少數尖齒；中部和上部葉披針形，無葉柄，長0.5-8公分，寬0.3-0.8公分。頭花集成繖房狀或圓錐狀，外圍小花舌狀，淡紫紅色，中間為管狀花，黃色。廣泛分布於中國大陸各省區，西伯利亞、蒙古、日本及北美亦有產。

古代詩詞、章回小說經常提到的「蓬」，原指飛蓬一種植物，在大陸各省區十分普遍。但是中國境內蓬類植物種類非常多，加上由美洲引進或侵入的加拿大蓬（*Erigeron canadensis* L.）、野茼蒿（*E. bonariensis* L.）等都是擴展性極強的植物，常在荒地

成群生長。因此就如《說文》所說：「蓬蒿者，草之不理者也。」在古代文人眼中，蓬應該泛指多種植物。

　　《楚辭》各篇章出現的「蓬」應是包括飛蓬在內的許多蓬草類。《禮記》所說的「桑弧蓬矢」及「蓬戶甕牖」、《左傳》的「斬其蓬蒿藋而共處之」以及《莊子》的「斥鷃翔蓬蒿之間」，所言之蓬也不是特定植物。

　　飛蓬在春天時發芽，夏季開黃白相間的頭狀花，枝葉凌亂，地上部較粗壯，但根部卻不甚發達，即所謂的「末大於本」。秋冬之際，地上部逐漸枯萎，北風起時常連根拔起，在地上滾動，所以稱為「飛蓬」或「轉蓬」。《詩經》「首如飛蓬」及《古詩》「轉蓬離本根」，所指即為飛蓬這種特定植物。

左上：飛蓬的花：外圍舌狀花為淡紫紅色，中間管狀花為黃色。花後植物開始枯萎。
右下：蓬類植物種類很多，詩句中的「轉蓬」專指飛蓬而言。

【馬蘭

今名：馬蘭

梟鴞1既以成群兮，玄鶴弭翼2而屏移3。

蓬艾親入御於床笫4兮，馬蘭蹠踔5而日加。

棄捐藥芷6與杜衡7兮，余奈世之不知芳何？

————節錄〈七諫‧怨世〉*

【註解】1.鴞：音消，貪惡之鳥。
2.弭翼：收斂翅膀。
3.屏移：屏，音義通摒，有隱退之意。
4.御於床笫：御，進奉於帝王；御於床笫，形容親密。
5.蹠踔：蹠，讀爲陳之第三聲；踔，音卓。蹠踔，暴長。
6.藥芷：白芷，見18頁。
7.杜衡：香草，見38頁。

【植物小檔案】

學名：*Kalimeris indicus*（L.）
　　　Sch.-Bip

科別：菊科

多年生草本，莖直立，高30-50公分；具匍匐莖，基部葉花後脫落。葉互生，倒披針形至倒卵狀圓形，長3-10公分，寬0.8-5公分，先端鈍或尖，基部漸狹，無葉柄，葉緣有疏粗齒或羽狀淺裂。頭花單生於枝頭花枝，排成

繖房狀：舌狀花一層，淡紫色，管狀花多數。瘦果倒卵狀圓形，長0.1-0.2公分，褐色。分布於全大陸、台灣、亞洲南部及東部。

馬蘭和蓬艾一樣，在《楚辭》中都是惡草之流，用以比喻奸佞小人。馬蘭常生長在潮濕的土壤或水澤旁、路旁、田野及山坡上，未開花的植株外表類似澤蘭，葉揉之無香味，古人甚至認為其味甚臭；加上馬蘭到處可見，有時還會侵入農地，詩人遂視之為惡草。

其實馬蘭全株都有用處，《本草拾遺》稱之為「紫菊」，《救荒本草》稱為「雞兒腸」或「馬蘭頭」，《本草正義》稱「紅梗菜」，既是救荒本草也是藥材，可除濕熱、利小便、止咳、解毒。苗葉可食，「二月生苗，汋食可濟荒」，古書記載：「馬蘭採得當飢糧，徬徨母子相攜泣」，馬蘭味道較差，只有在荒年時才不得不食。

本種植物分布範圍較廣，常依葉形及總苞形狀區分成許多變種。分布於華中地區的種類除馬蘭外，還有全葉馬蘭（*Kalimeris integrifolia* Turcz.）、氈毛馬蘭〔*K. shimadae*（Kitam.）Kitam.〕、山馬蘭〔*K. lautureana*（Deby.）Kitam.〕等，都可能是《楚辭》提到的馬蘭。

右上：開紫色花的馬蘭，有時可栽植成觀賞植物。
左下：馬蘭到處繁生，《楚辭》列為惡草，用以比喻奸佞小人。

今名：水蓼＊

桂蠹₁不知所淹₂留兮，蓼蟲不知徙₃乎葵菜。

處湣湣₄之濁世兮，今安所達乎吾志。

意有所載而遠逝兮，固非眾人之所識₅。

　　　　　　　　──節錄〈七諫・怨世〉

【註解】1.桂蠹：蠹，音杜。桂蠹，桂樹之蠹蟲，以喻食祿之臣。
　　　　2.淹：久。
　　　　3.徙：音洗，遷移。
　　　　4.湣湣：音昏，混亂。
　　　　5.識：知道。

【植物小檔案】
學名：*Polygonum hydropiper* L.
科別：蓼科

一年生濕地草本。葉披針形至橢圓狀披針形，長4-8公分，寬0.5-2.5公分，先端漸尖，基部楔形，兩面無毛，被褐色小點；葉全緣具緣毛，葉有辛辣味。總狀花序下垂，花稀疏；花被5，白色或淡紅色，被黃褐色透明腺點。瘦果卵形，3稜，黑褐色，包於宿存之花被內。分布於中國各地及韓國、印尼、日本、印度、歐洲、北美等地。

名為蓼的植物種類很多，有青蓼、香蓼、水蓼、馬蓼、紫蓼、赤蓼、木蓼等多種，但和人類關係最密切的就是水蓼。水蓼生長在濕水旁或淺水澤

中，葉子有強烈辣味。在中原地區尚未使用蔥、薑、蒜之前，水蓼是煮肉去腥的主要調味料。《禮記》記載古時煮雞、豬、魚、鱉時，必須將水蓼塞入腹中去腥；喝羹湯時，也要放入切碎的水蓼葉。料理方法和現代的香菜、蔥、薑相同。

水蓼也用來製造酒麴，方法是「取葉以水浸汁，和麵作麴」，主要目的是取其辛辣之味。此外，收集水蓼種子（稱爲蓼實），初春時用葫蘆盛水浸泡，掛在溫暖之處，種子會陸續發芽。剛開始苗呈紅色，可以充當蔬菜供食或作爲辛辣調料，此即古人所說的「種蓼爲蔬，收子入藥」之意。水蓼雖是蔬菜，但不能多吃，「久食令人寒熱，損髓減氣少精」。

〈七諫・怨世〉「蓼蟲不知徙乎葵菜」，意即水蓼味辣，葵菜味甘，生長在水蓼葉上的蟲不會遷移至葵菜葉上，此爲生物生存的自然法則，以喻忠臣守身自持，不能變志易行。

左上：古代在尚未使用蔥、薑之前，以水蓼去除肉類腥味。
右下：水蓼長在水濱沼澤濕地，葉有辛辣味。

今名：冬葵；野葵

桂蠹₁不知所淹₂留兮，蓼蟲不知徙₃乎葵菜。

處湣湣₄之濁世兮，今安所達乎吾志。

意有所載而遠逝兮，固非眾人之所識₅。

————節錄〈七諫‧怨世〉＊

【註解】1.桂蠹：蠹，音杜。桂蠹，桂樹之蠹蟲，以喻食祿之臣。
　　　　2.淹：久。
　　　　3.徙：音洗，遷移。
　　　　4.湣湣：音昏，混亂。
　　　　5.識：知道。

【植物小檔案】
學名：*Malva verticillata* L.
科別：錦葵科

二年生草本，高60-90公分，莖被星狀長柔毛。葉互生，腎形至圓形，掌狀5-7淺裂，兩面被粗糙伏毛，或有時光滑，葉柄長2-8公分，托葉有星狀柔毛。花叢生葉腋，花小，白色至淡紅色；花瓣5，倒卵形，先端凹；小苞片3，有細毛；萼杯狀，5齒裂。蒴果扁圓形，成熟時心皮分離，並至中軸脫離。分布於中國各省，印度、緬甸、歐洲亦產。

春秋戰國時代，冬葵仍然是家常食用的蔬菜。後來因農業日漸發展，栽植的蔬菜種類遽增，除了荒年外，古人採集野生冬葵作為蔬菜的情形已大為

減少。到了明朝李時珍的《本草綱目》，冬葵已是「今人不復食之，亦無種者。」

〈七諫・怨世〉中的葵菜，所指的植物當然是冬葵，《詩經》〈豳風・七月〉：「七月烹葵及菽」的「葵」也是冬葵。《爾雅翼》云：「葵為百菜之主，味尤甘滑」，是當時深受歡迎的重要菜蔬。古代蔬菜種類少，和其他野菜相比，冬葵誠然是蔬茹之上品。古人通常趁著清晨日出之前，在冬葵葉面上尚留有露水時採集，所以冬葵又名「露葵」，供食部分主要是嫩葉或幼苗。除台灣之外，大江南北各省均產。

古人還採集冬葵供藥用，例如孕婦難產，煮冬葵葉喝下，可以使胎滑易產；小兒不慎吞下硬物，也可煮汁吞下，使異物滑出。這是因為冬葵植物體內多黏液，食之有「甘滑」的效果。

左上：古人採集冬葵作為蔬菜，近來已少採摘供食，因此華中、華北地區到處可見。
右下：冬葵花極微小，常叢生在葉腋上。

【荊

今名：黃荊

賢士窮₁而隱處兮，廉方正而不容。

子胥諫而靡軀₂兮，比干忠而剖心₃。

子推自割而飤君₄兮，德日忘而怨深。

行明白₅而曰黑兮，荊棘聚而成林。

————節錄〈七諫・怨思〉＊

【註解】1.窮：困阨。

　　　2.子胥諫而靡軀：吳子胥力諫吳王夫差卻身首異處。

　　　3.比干忠而剖心：比干，紂王大臣，因忠言逆耳而遭剖心之刑。

　　　4.子推自割而飤君：飤，音義同飼。晉文公流亡在外時，介子推

　　　　曾自割腿肉供食。

　　　5.行明白：行為端正清白。

【植物小檔案】
學名：*Vitex negundo* L.
科別：馬鞭草科

落葉灌木或小喬木；小枝細長，四稜，密被灰白色絨毛。掌狀複葉對生，小葉3-5，橢圓狀卵形；全緣至粗鋸齒緣，缺刻狀鋸齒。表面綠色，背面密生灰白色絨毛。頂生圓錐花序，長10-30公分；花冠淡紫色，5裂，二唇形；雄蕊4，伸出花冠筒外。果近球形，徑約0.2公分，黑褐色。分布於華北、華南各省，生長在山坡開闊地或灌木叢中，台灣南部及恆春半島亦產。

乾燥的山丘或平野上，除了草原外，所見幾乎都是低矮的灌木林，或植株具刺的「荊棘林」，即〈七諫‧怨思〉「荊棘聚而成林」的景象。「荊」

原指黃荊，「荊棘林」係以黃荊和酸棗為主體，並混生其他有刺的低矮灌木林。不過在多數文獻中，「荊棘」一詞則泛指一切生長在旱地上的低矮有刺灌木類。

　　黃荊又名牡荊、杜荊、山荊、赤荊、小荊楚等。因分布普遍，多取用為薪材，如《詩經》所言：「翹翹錯薪，言刈其楚」，「楚」即黃荊。其枝條細韌，可編製器物；古時貧婦買不起髮釵時，輒取田野的黃荊削製為釵，此即「拙荊」一詞的由來。《漢書》〈郊祀志〉記載：「告禱泰一，以牡荊幡日月北斗登龍」，可知漢代祭祀告禱時，所插的大旗（幡）也以黃荊木為幡柄。

　　黃荊有許多變種，如小葉荊（var. *microphylla* Hand.-Mazz.）、白毛黃荊（var. *alba* Pei）、全緣黃荊（var. *thyrsoides* Peiets.）、

牡荊〔var. *cannabifolia*（S. *et* Z.）Hand.-Mazz.〕以及荊條〔var. *heterophylla*（Franch.）Rehd.〕等。

左上：此為產於華南地區的黃荊變種，稱為「荊條」。
右下：黃荊生長之地多屬乾旱貧瘠的山丘或荒地上，水草豐沛之處可以長成小喬木。

【楨

今名：女貞

居不樂以時思兮，食草木之秋實。

飲菌若₁之朝露兮，構₂桂木而為室。

雜橘柚以為圃₃兮，列新夷₄與椒楨。

鵾₅鶴孤而夜號₆兮，哀居者之誠貞。

　　　　　　———節錄〈七諫・自悲〉＊

【註解】1.菌若：菌為九層塔，見30頁；若為高良薑，見76頁。
　　　　2.構：連結架構。
　　　　3.圃：一作園，園圃。
　　　　4.新夷：植物名，見80頁。
　　　　5.鵾：音昆，鳥名，形似鶴。
　　　　6.號：音豪，啼叫。

植物小檔案】

學名：*Ligustrum lucidum* Ait.
科別：木犀科

常綠喬木，枝葉無毛，散生皮
孔，樹皮光滑。葉對生，革質，
有短柄，卵圓形至長卵狀披針
形，長6-12公分，先端漸尖至銳
尖，基部楔形至圓形；全緣，兩
面光滑，葉背密被細小透明腺
點。頂生圓錐花序，長15-20公

分：花白色，花冠4裂；雄蕊2。
核果成熟時藍黑色。分布於長江
流域及以南各省、甘肅東部。

女貞樹「冬夏常青，未曾凋落，若有節操」，因此而得名。女貞開白色花，微有香味，枝葉則無香氣，《楚辭》列爲香木的原因主要取其象徵的貞

德節操。自古以來，「清士欽其質，貞女慕其名」，常在雲堂及庭院栽種女貞，用以自恃其節。

《山海經》「泰山多貞木」，「貞木」即女貞，臨安縣有木名「將軍樹」，也是女貞。女貞葉形類似冬青（*Ilex* spp.），兩者屬不同類植物，但均「木極茂盛，凌冬不凋」，因此古人常混淆不清。古籍所稱的冬青，其中許多其實是女貞，例如「冬青木肌理白，文如象齒，道家取以爲簡。」所述的「冬青」即女貞。

女貞葉燒成灰製成膏，可用來治療瘡腫潰爛及減少面部瘢疵，是古代常用的美容藥劑。樹皮曬乾後研成細末，則可治療燙傷。

果實成熟時紫色，成串成簇纍纍滿枝，外形類似紫葡萄，稱爲「女貞子」，有「補中明目、強陰、安五臟、養精神」的療效，並可「除百病、變白髮，久服令人肥健，輕身不老」。全株均有用途。目前西南各省多栽植爲行道樹。

左上：女貞開白色花，開花時有如繁星點點，相當美麗。
右下：纍纍滿枝的果實成熟時為紫色，稱為「女貞子」，為常用藥材。

【菎蕗】

1 今名：箭竹

釋管晏2而任臧獲3兮，何權衡之能稱？

菎蕗雜於廲4蒸兮，機蓬矢以射革5。

負檐荷以丈尺兮，欲伸要6而不可得。

————節錄〈哀時命〉*

【註解】1.菎蕗：音昆路。

2.釋管晏：釋，捨棄；管晏，指管仲與晏嬰。

3.任臧獲：任，任用；臧，音髒，男奴；獲，女婢。

4.廲：音鄺，大麻，見84頁。

5.機蓬矢以射革：以蓬蒿之箭射皮革之盾，比喻愚巧任政必致荒亂，一無所成。

6.要：音義同腰。

【另見】〈七諫・謬諫〉：菎蕗雜於廲蒸兮，機蓬矢以射革。

【植物小檔案】
學名：*Sinarundinaria nitida*
　　　（Mitford）Nakai
科別：禾本科

地下莖合軸型竹類，稈高約3公尺，直徑約1公分，深紫色。籜鞘新鮮時帶紫色，後變枯草色，早落。葉鞘紫色，鞘口有黃色長毛（0.4公分長）。葉片長5-12公分，寬0.7-1.2公分。圓錐花序開展，分枝腋間有腺疣。分布於甘肅南部、陝西、四川、雲南、湖北、江西之1000公尺至3000公尺林緣。

菎蕗或寫作「筥簬」，《廣雅疏證》解「菎蕗」為「笴簫」、「衛箭」，是一種細稈的竹類，今解為箭竹。「菎蕗雜於廳蒸兮」，意謂用箭竹夾雜著麻稈（廳稭）一起燃燒為燭。箭竹可製成弓箭，是一種高級材料，而麻稈則是抽取麻纖維後所剩下的下等材料，本篇作者東方朔用此句比喻在上位者賢愚不分。

箭竹稈細小堅韌，常集生成叢，古人削製成箭，即所謂「會稽之箭，東南之美，古人嘉之，因而命矢。」箭竹亦可供編製筐籃或搭製棚架。熊貓的主食「箭竹」，即為本種。

此外，產於湖北和四川海拔一千至二千五百公尺的華桔竹（*Fargesia spathacea* Franch.）；產於華中地區的掃把竹（*F. fractiflexa* Yi）及矢竹屬（*Pseudosasa*）植物，都可能是《楚辭》及其他古籍所言之「菎蕗」。

但王逸的《楚辭章句》解「菎蕗」為「香直之草」，全句可解為：將香草和麻稈一起燃燒。此乃東方朔假藉屈原來諷刺漢皇識人不明、忠奸不辨。如此，則「菎蕗」解為箭竹或香草，均符合全詩含意。

左上：菎蕗應該就是箭竹，為熊貓的主食之一。
右下：「玉山箭竹」產於台灣及大陸許多地區的高山上，竹稈細長，可用以製箭。

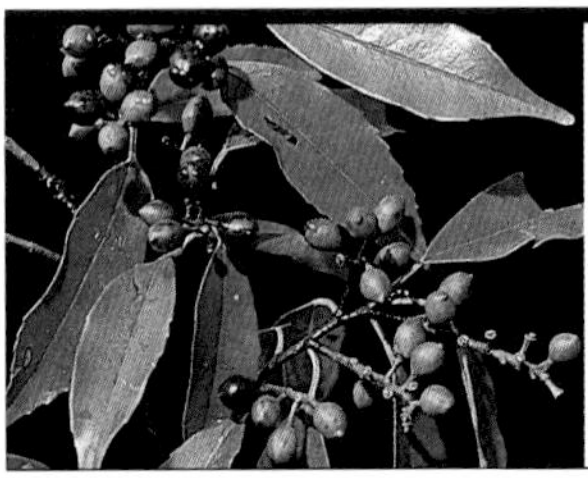

橝

[1]今名：刺葉桂櫻

願至崑崙之懸圃[2]兮，采[3]鍾山之玉英。

攀瑤木[4]之橝枝兮，望閬風[5]之板桐[6]。

弱水汩[7]其為難兮，路中斷而不通。

——節錄〈哀時命〉*

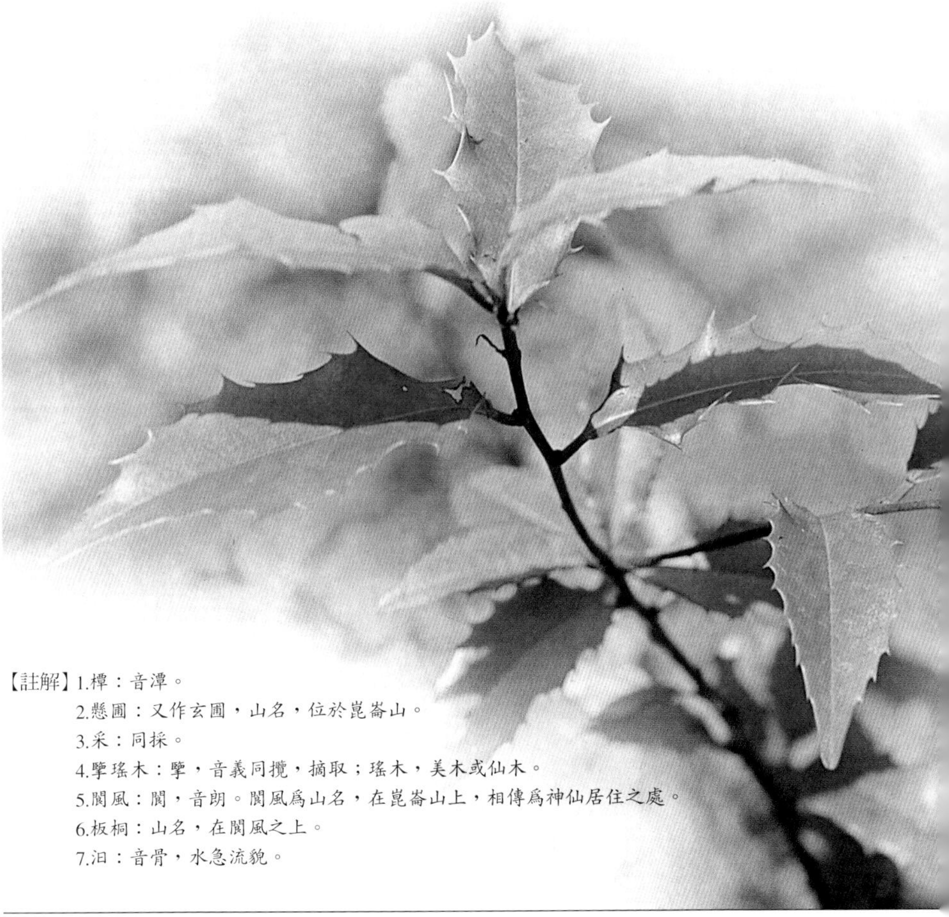

【註解】1.橝：音潭。
2.懸圃：又作玄圃，山名，位於崑崙山。
3.采：同採。
4.攀瑤木：攀，音義同攬，摘取；瑤木，美木或仙木。
5.閬風：閬，音朗。閬風爲山名，在崑崙山上，相傳爲神仙居住之處。
6.板桐：山名，在閬風之上。
7.汩：音骨，水急流貌。

【植物小檔案】
學名：*Prunus spinulosa* Zucc.
科別：薔薇科

常綠喬木。葉互生，革質至薄革質，長橢圓形，長5-10公分，寬2-4.5公分，葉基有1或2對腺體；葉緣常波狀，並具針狀銳鋸齒；總狀花序腋生，花10-20朵；花徑0.3-0.5公分；瓣白色；雄蕊20-25。核果橢圓形，長0.8-1公

分，徑0.6-0.8公分，褐色至黑褐色，分布於華中、華南海拔400-1500公尺的森林中。

檀木究竟是何種植物，據《正字通》云：「檀木別名橉木」，《廣群芳譜》引陳藏器的《本草拾遺》說：「橉木生江南深山，有數種，性最硬……

絳用葉，亦可釀酒。」《本草綱目》也說：「此木最硬，梓人謂之橉筋木是也。木入染絳用，葉亦可釀酒。」綜合以上說法，可知檀木的用途是木材可作紅色染料，葉可釀酒，加上其「葉厚大花白」，應為今之刺葉桂櫻。

另有一種產於華中、華北和西南各省的橉木（*Prunns buergeriana* Miq.），也可能是《楚辭》所提到的「檀木」。但本種為落葉喬木，總狀花序有20-30朵花，和上述刺葉桂櫻為常綠性、且花序10-20朵不同。兩者之木材均極堅硬，花白色。民間取葉燒成灰，用於釀酒或製作染料。

〈哀時命〉之「擥瑤木之檀枝」，意思是「採摘如美玉般的檀樹枝」或「摘取仙木般的檀樹枝」。本篇作者下筆時，可能曾經見過鄉民以刺葉桂櫻或橉木的枝條製作染料或摘取樹葉釀酒的過程。

左上：刺葉桂櫻的葉緣具針狀銳鋸齒，因此有「刺葉」一名。古稱檀木或橉木。
右下：「檀木」木材可作紅色染料，葉可釀酒。

古又名：筮
今名：蓍草

蓍蔡₁兮踴躍，孔鶴兮回翔。

撫檻₂兮遠望，念君兮不忘。

怫鬱₃兮莫陳₄，永懷兮內傷。

—————節錄〈九懷・匡機〉＊

【註解】1.蔡：大龜。
　　　　2.檻：音見，欄杆。
　　　　3.怫鬱：怫，音服；怫鬱，心情抑鬱。
　　　　4.陳：陳述表露。

【另見】〈九懷・通路〉：營匰兮探筮，悲命兮相當。

【植物小檔案】
學名：*Achillea alpina* L.
科別：菊科

多年生草本，被柔毛。葉披針形，長6-10公分，寬0.8-1.4公分，羽狀中深裂，裂片有不規則鋸齒，或淺裂，齒端有骨質突尖，基部裂片抱莖，無柄。頭花集生成繖房狀，頭花外圍為舌狀花6-8朵，白色，其餘為管狀花。瘦果具翅，無冠毛。分布於東北、華北、西北及內蒙古之山坡草地、林緣。朝鮮半島、日本、西伯利亞亦產。

古人占卜吉凶時常使用龜甲及蓍草，劉向曾說：「龜千歲而靈，蓍百年而生百莖」，所以占卜要用老龜及老蓍。《史記》〈龜策列傳〉記載：「王者決諸疑，參以卜筮，斷以蓍龜，不易之道也。」以龜甲預測吉凶曰「卜」，用蓍草則曰「筮」，一般都卜筮並用，先筮而後卜。婚姻大事也以卜筮決定，如《詩經》〈衛風・氓〉：「爾卜爾筮，體無咎言」。

占筮時要取蓍草莖四十九枝，先分成兩堆，每堆再分成四小堆以斷吉凶。《詩經》及《楚辭》時代，上至天子、諸侯，下至尋常百姓，占卜問卦的風氣很盛。〈九懷・通路〉之「啓匱兮探筴」，其中「筴」為筮，也是以蓍草占吉凶。

古人視蓍草為神草，所謂「蓍滿百莖，其下神龜守之，其地常有青雲覆之。」《易》也說：「聖人幽贊於神明而生蓍……蓍之德圓而神。」《傳》曰：「天下和平，王道得而蓍莖長丈，其叢生滿百。」不過遍尋天下，可能也找不到莖高一丈的蓍草。除占卜外，蓍草也具療效，藥用部分為果實，稱為「蓍實」。

左上：蓍草的果實稱為「蓍實」，古醫書均記載其藥用效果。
右下：古人占卜時，取蓍草莖四十九枝用以斷吉凶。

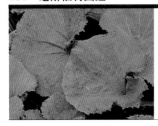

【款冬

今名：款冬

悲哉于嗟₁兮，心内切磋₂。

款冬而生兮，凋彼葉柯₃。

瓦礫進寶兮，捐棄隋和₄。

鉛刀厲御兮，頓棄太阿₅。

————節錄〈九懷‧株昭〉*

【註解】1.嗟：音皆，傷歎。
　　　　2.切磋：心如刀之割磨，形容痛徹心肺。
　　　　3.柯：小枝條。
　　　　4.隋和：指隋侯之珠與和氏之璧。
　　　　5.太阿：阿，讀爲娥之第一聲。太阿，大山陵。

【植物小檔案】
學名：*Tussilago farfara* L.
科別：菊科

多年生草本，高10-25公分。基生葉為闊心形，長7-10公分，寬10-15公分，先端鈍尖或近圓形，基部心形，邊緣有波狀疏齒，鋸齒先端帶紅色；表面為暗綠色，光滑，背面密生白絨毛；具長柄，葉柄帶紅色。花莖數個，長5-10公分，被白色絨毛。黃色頭狀花序單一，頂生；邊緣多層舌狀花，雌花；中央為管狀花，兩性花。冠毛淡黃色。分布於華北、華中、西北、內蒙古及新疆等地。

款冬冬季開黃花，花苞常生於冰下，開花時衝破冰雪而出，即古人所說的「十一、十二月雪中出花」，所以原名「顆凍」、「款凍」，後人訛為款冬，沿用至今。嚴冬之際為「陰盛陽窮」之時，萬物本該凋萎蕭瑟，但款冬卻欣欣向榮，即所謂「百草榮於春，而款冬獨榮於雪中」，《楚辭》遂將款冬和下句的瓦礫、鉛刀等物同喻為「附陰背陽」的小人之流。

　　款冬「歲末凜屬」的特性，古人也有另眼相待者，如李時珍的《本草綱目》云：「百草中，惟此不顧冰雪，最先春也。」晉代的郭璞有〈款冬贊〉：「吹萬不同，陽煦陰蒸。款冬之生，擢穎堅冰。物體所安，焉知渙凝。」均有正面評價。

　　初春之際款冬冒出新芽，可採集為蔬菜之用。十月

下旬至十二月則可摘取花蕾為藥用。花蕾和葉含多種化學成分，可入藥，《神農本草經》早已收錄。藥材具潤肺止咳、祛痰平喘之效，可治療許多呼吸系統及循環系統病症，是應用極廣的中藥材。

右上：款冬不畏冰雪，於冬季開花，因此稱為款凍，後人訛為款冬。
左下：台灣款冬（*Petasites formosanus*）開白色花，與真正的款冬不同。

【楊

今名：白楊、毛白楊

惟鬱鬱之憂毒₁兮，志坎壈₂而不違₃。

身憔悴而考旦₄兮，日黃昏而長悲。

閔₅空宇之孤子兮，哀枯楊之冤雛。

　　　　　　　　　————節錄〈九歎·怨思〉*

【註解】1.毒：病也。
　　　　2.坎壈：音砍覽，鬱鬱不得志。
　　　　3.違：背離。
　　　　4.考旦：考，終也；旦，天明。
　　　　5.閔：音義同憫。

〔植物小檔案〕
學名：*Populus tomentosa* Carr.
科別：楊柳科

落葉喬木，樹皮幼時暗灰色，漸變為灰白色，老時基部黑灰色，皮孔菱形散生。葉闊卵形或三角狀卵形，長10-15公分，先端漸尖，基部心形或截形，邊緣齒牙狀，表面光滑暗綠色，背面密生白毛；葉柄長3-7公分，頂端有2-4腺點。雄花序長10-15公分，苞片密生長毛，雄蕊6-12，花藥紅色；雌花序長4-7公分，柱頭2裂，粉紅色。果序長10-15公分。分布於東北、華北、華中、華東等海拔1500公尺以下的平原地區。

楊樹種類很多，大多生長在氣溫較低的北地或高山，華中、華南地區分布較少。其中分布最廣，且在戰國楚地也可生長的種類應為白楊。

白楊樹形聳直圓整，樹幹修直端美，堪為屋材。古

人說：「凡屋材松柏為上，白楊次之，榆為下也。」由於白楊生長速度快，且枝幹「終不曲橈」；松柏雖為高級建材，成材卻不及白楊快速，而榆樹「天性多曲，長又遲緩」，因此北方建造房屋多取白楊木。

古人形容白楊：「其種易成，葉尖圓如杏。枝頗勁，微風來，葉則皆動，其聲蕭瑟，殊悲慘。」秋風一起，白楊葉變黃脫落，入冬後全株彷如枯死，所以稱「枯楊」。詩詞小說常用以形容悲淒景色，有「頌白楊多悲風，蕭蕭愁殺人」之句，李白詩句也有「白楊亦蕭蕭，腸斷白楊聲」之歎。北方人常在墓地栽植白楊，就如水滸傳第四十六回寫道：「漫漫青草，滿目盡是荒墳；裊裊白楊，回首多應亂塚。」

近代常栽種白楊為行道樹，亦常作為寺觀林，北方城市如北京近郊及西安街道多栽有白楊。

左上：白楊的雌花序。
右下：楊樹樹幹修直端美，枝條聳立。冬季落葉後，形似枯槁，即所謂的「枯楊」。

【榆

今名：榆樹

孤雌吟於高墉₁兮，鳴鳩棲於桑榆。

玄蝯₂失於潛林₃兮，獨偏棄而遠放。

─────節錄〈九歎・怨思〉*

【註解】1.墉：牆也。
　　　　2.蝯：音義同猿。
　　　　3.潛林：深林。

【植物小檔案】

學名：*Ulmus pumila* L.

科別：榆科

落葉喬木，樹皮深灰色、粗糙、縱裂。葉互生，橢圓狀卵形至橢圓狀披針形，長2-8公分，先端尖，基部稍歪斜，側脈9-16對，葉緣單鋸齒至不規則重鋸齒，葉柄長0.2-0.8公分。花簇生於葉腋，無花瓣，萼4裂，雄蕊4。翅果近圓形或倒卵狀圓形，長1-2公分，頂端凹陷，有缺口；種子位於中間。產於東北、華北、西南各省至江蘇、四川一帶。

榆別稱爲「北方之木」，即《爾雅翼》所云：「秦漢故塞，其地皆榆」。中國人栽種榆樹的歷史相當悠久，天然分布雖以北方爲主，如今已拓植到西南一帶。由於榆樹容易栽植且性耐寒、耐旱，因此多見於民宅附近，一如桑樹和梓樹。所以〈九歎·怨思〉才有「鳴鳩棲於桑榆」之句。

榆又稱「白榆」或「家榆」，嫩葉可食，樹皮含粉質物，磨成粉可和麵充飢，《農桑通訣》云：「昔豐沛歲饑，以榆皮作屑煮食之，民賴以濟。」果實有環翅，類似銅錢，名爲「榆錢」，可用以製醬。榆樹也是重要的救荒植物，除供蔬食外，枝葉、果實也具療效，主治神經衰弱，樹皮研粉後可治外傷出血。榆木木材紋理筆直，結構稍粗，自古即用來製作農具、車輛和家具等。

漢代以榆樹爲社木（國樹），祭神處常栽種榆樹以爲標幟。一般民宅官舍也種有榆樹，如陶潛的〈田園詩〉：「榆柳蔭後簷，桃李羅堂前」。此外，古詩詞中的榆，可能亦指黑榆（*U. davidiana* Planch.）、大果榆（*U. marcrocarpa* Hance）及榔榆（*U. parvifolia* Jacq.）等。

右上：果實有環翅，形似銅錢，稱為「榆錢」。
左下：榆樹的樹皮去掉粗硬的外皮後，內皮磨成粉可和麵充飢。

【藁本

古又名：槀本
今名：藁本

犯顏色₂而觸諫兮，反蒙辜₃而被疑。

菀₄蘼蕪₅與菌若₆兮，漸₇藁本於洿瀆₈。

──節錄〈九歎・怨思〉*

【註解】1.藁：音稿。

　　　2.犯顏色：觸怒龍顏。

　　　3.辜：罪咎。

　　　4.菀：音義同蘊，積也。

　　　5.蘼蕪：植物名，芎藭，見16頁。

　　　6.菌若：菌為九層塔，見30頁；若為高良薑，見76頁。

　　　7.漸：浸漬。

　　　8.洿瀆：洿，音義同污；洿瀆，小溝渠。

【另見】〈九思・憫上〉：蘪蕪兮青蔥，藁本兮萎落。

【植物小檔案】
學名：*Ligusticum sinense* Oliv.
科別：繖形花科

多年生草本，高可達1公尺。根莖成不規則團塊，生有多數鬚根；莖直立，中空。基生葉三角形，奇數二回羽狀複葉，最終裂片3-4對，卵形至長卵形，表面沿脈有乳頭狀突起，邊緣不整齊羽狀深裂；莖上部葉具展開葉鞘

頂生或腋生複繖形花序，具乳頭狀粗毛；花小，白色。分果具5稜。分布於華北及華中各省。

藁本的葉片細裂，特別是未開花前的幼苗期，外表類似禾本科草本植物，即所謂「根上苗下似禾藁」，所以名之為藁本。植株有香味，味道類似芎藭（見16頁），《本草綱目》云：「古人香料用之，呼為藁本香。」《楚辭》列為香草，用以比喻君子及忠臣。

幼苗嫩葉燙熟，浸水洗淨苦味後可當蔬菜食用。與木香（*Rosa banksiae* Ait.）同用，可治療頭痛。葉子和白芷（見18頁）磨成粉可製成面脂治療粉刺，且有散寒、治風及去濕之療效，《神農本草經》列為中品，自古即為著名藥材。藁本葉似白芷，香味同芎藭，苗似水芹，又和蛇床（見46頁）相像。五者同屬繖形花科，植株均有特殊香味。藁本香味來自莖部和葉部的油管，含多種揮發油成分。

中藥所稱的「藁本」，還包括原產華北及東北的遼藁本（*Ligusticum jeholense* Nakai et Kitag.）。遼藁本根莖較粗短，莖常帶紫色，經常栽植供香草及藥用，亦有可能是《楚辭》所指。

左上：藁本植株的香味和形態都類似芎藭，但葉邊緣的羽狀深裂比較不整齊。
右下：開花的藁本植物也具觀賞價值。

【澤瀉

今名：澤瀉

筐₁澤瀉以豹鞁₂兮，破荊和₃以繼築₄。

時溷濁₅猶未清兮，世殽亂₆猶未察。

————節錄〈九歎・怨思〉*

【註解】1.筐：裝滿也。
2.豹鞁：鞁，音擴，皮革。豹鞁，豹皮製成之皮囊。
3.荊和：戰國時卞和所得的荊山璞玉，即和氏璧。
4.築：築土的大杵。
5.溷濁：溷，音義同混。溷濁，混亂。
6.殽亂：殽，音義同淆。殽亂，雜亂。

【植物小檔案】
學名：*Alisma plantago-aquatica*
　　　　L.
科別：澤瀉科

多年生沼澤及水生草本。葉根生及叢生，有長柄，葉片橢圓形，長3-18公分，寬1-9公分，先端漸尖至銳尖，基部心形至楔形，脈5-7，脈間有橫脈聯繫之。花緻形狀，集生成圓錐花序：外輪花被3片，萼片狀：內輪花被亦3片，花瓣狀，白色；心皮多數，離生。果為輪生之瘦果。分布於中國大部分省區，蒙古、日本及印度亦產。

澤瀉是大陸各省區均有分布的水澤植物，成群生長在沼澤、池塘、水溝及溪流兩旁。自《詩經》的「言采其藚」（「藚」即澤瀉）開始，歷代典籍都不乏引述澤瀉的詞句，普遍性可見一斑。〈九歎‧怨思〉中則將澤瀉列為惡草。

澤瀉很早就是中醫藥材，《神農本草》列為上品，各類典籍均有提及，唯多偏重於神怪傳說。如《典術》記載：「澤瀉久服，令人身輕，日行五百里，走水上。」；連《本草綱目》都說：「久服輕身面生光，能行水上。」澤瀉成了古人篤信不疑的仙藥。澤瀉藥用的部分為塊莖，有清濕熱、利小便及降血脂的效果，為歷代公認的「除濕聖藥」。其療效或許能「面生光」，但絕不可能「行於水上」。

澤瀉類植物有多種，華中地區常見的還有東方澤瀉〔*Alisma orientale*（Samuel.）Juz.〕、窄葉澤瀉（*A. canaliculatum* A. Braun *et* Bouche.）等，均有可能是《楚辭》所說的澤瀉。澤瀉類植物的葉形特殊，具長柄，形體玲瓏可愛，常栽植在水池或容器中觀賞。

右上：澤瀉葉形特殊，類似長柄湯匙，也是水池中的觀賞植物。
左下：澤瀉是分布很廣的水澤植物，歷代典籍均有引述。

【撚支₁

今名：紅花

搴₂薜荔₃於山野兮，采₄撚支於中洲。

望高丘而歎涕兮，悲吸吸而長懷。

孰契契₅而委棟₆兮，日晻晻₇而下頹。

—————節錄〈九歎・惜賢〉＊

【註解】1.撚：讀為念之第三聲。
　　　　2.搴：音遷，拔取。
　　　　3.薜荔：音必利，植物名，見42頁。
　　　　4.采：採也。
　　　　5.契契：憂苦貌。
　　　　6.委棟：委以棟梁之重任。
　　　　7.晻：讀為暗之第三聲，不明貌。

【植物小檔案】
學名：*Carthamus tinctorius* L.
科別：菊科

一年二年生草本，高可達90公分。葉互生，卵形至卵狀披針形，長4-12公分，寬1-3公分，先端漸尖，緣具不規則鋸齒，齒端有銳刺，幾無柄，微抱莖。頭狀花序頂生，徑3-4公分，總苞多層，最外2-3層葉狀，緣具不等長鋸齒，上部邊緣有短刺。全為管狀花，兩性，花初時黃色，後轉為橘紅色。

撚支又有煙支、燕支、燕脂及胭脂等寫法，原產於西域，今稱紅花、紅藍或黃藍。花紅黃色，曬乾後可作紅色染料，並製成胭脂，在未有人工合成染料之前，是重要的化妝品原料。《爾雅翼》云：「燕支本非中國所有，蓋出西方，染粉爲婦人色，謂爲燕脂粉。」深受西域及北方遊牧民族的女子所喜愛。

匈奴人稱妻子爲「閼氏」，認爲女人可愛如「煙支」，甚至境內還有煙支（閼氏）山。漢武帝大將霍去病大破匈奴時，曾奪下煙支山，〈西河舊事歌〉詠歎其事曰：「失我祁連山，使我六畜不繁息；失我閼氏山，使我婦女無顏色。」此山在今甘肅省永昌縣和山丹縣之間，相傳山中產有胭脂草。《楚辭》視「撚支」爲香草，大概與紅胭脂有關。

春季初生的幼苗可當作蔬菜食用，《救荒本草》稱之爲「紅花菜」。種子搗碎煎汁，加醋拌蔬菜，是一道可口菜餚。種子榨油可製「車脂」（車輪的潤滑油）及燒火燭。作爲藥用始見於《開寶本草》，曬乾的花可以活血袪瘀、通經止痛，稱爲「紅藍花」。

左上：初生的紅花幼苗可當蔬菜食用，稱為「紅花菜」。
右下：初開的花黃色，轉為橘紅色時即可採集製作紅色染料。

【葛藟

古又名：藟
今名：葛藟；
　　　光葉葡萄

傷明珠之赴泥兮，魚眼璣之堅藏。

同駑驘₂與傑駔₃兮，雜班駮₄與闒茸₅。

葛藟藟₆於桂樹兮，鴟鴞集於木蘭。

偓促₇談於廊廟兮，律魁₈放乎山閒₉。

　　　　　　　——節錄〈九歎‧憂苦〉*

【註解】1.藟：音壘。

　　　　2.駑驘：駑，音奴，劣馬；驘，音義同騾。

　　　　3.駔：讀爲駢之第三聲，良馬。

　　　　4.駮：音伯，古獸名，形似馬。

　　　　5.闒茸：音踏容，下賤無用之人。

　　　　6.藟：音雷，攀緣。

　　　　7.偓促：偓，音握。偓促，拘束。

　　　　8.律魁：律，法也；魁，大也。律魁指通曉大法的賢能之士。

　　　　9.閒：音義同間。

【另見】〈九思‧怨上〉：菽藟兮蔓衍，芳藹兮挫枯。

【植物小檔案】

學名：*Vitis flexuosa* Thunb.

科別：葡萄科

落葉木質藤本，嫩枝有絨毛。葉互生，卵形至三角狀卵形，長4-10公分，寬3-8公分，先端急尖，基部闊心形或近截形，表面光滑，背面沿葉脈有柔毛，葉緣為不規則狀齒牙。圓錐花序，花黃綠色，花瓣5；雄蕊5。漿果球形，徑0.6-0.7公分，成熟時黑色；種子2-3粒。分布於華北、長江流域、華南、中南半島、韓國、日本以及台灣。

葛藟是一種野生葡萄，「葉如葡萄而小」，果實亦小、味酸，不是可口的野果。枝蔓狀，利用卷鬚蔓延攀爬在其他植物體上，妨礙其他植物生長，

因此《楚辭》視為惡木。〈九歎・憂苦〉：「葛藟藥於桂樹兮」，以香木桂樹卻遭葛藟攀爬遮蔽，比喻小人位居顯位，掩蓋君子之美德。而〈九思・怨上〉：「菽藟兮蔓衍，芳藭兮挫枯」句，則說藭（白芷，見18頁）因菽（豆類，見206頁）及葛藟蔓生其上而致枯死，含意與上句同。

葛藟是好陽性植物，適應性強，生長快速，中國境內幾乎無處不長。《詩經》〈葛藟〉篇所言之葛藟，以及《山海經》〈中山經〉「畢山其上多藟」之「藟」，和本篇所述植物同種，均是「五月開花，七月結實，八月採子」。

《本草綱目》稱葛藟為「千歲藟」，因為此藤入冬後只會凋葉，植株可以經年生長，故名「千歲」。其根與果實均可入藥，有補五臟、益氣、續筋骨、長肌肉之療效。

左上：葛藟的枝條蔓狀，可利用卷鬚攀爬至其他植物體上。
右下：葛藟是一種野生葡萄，夏末秋初結實，成串果實形如葡萄。

【匏瓜

古又名：匏
今名：匏瓜

歷廣漠兮馳騖[2]，覽中國兮冥冥[3]。

玄武步兮水母[4]，與吾期[5]兮南榮[6]。

登華蓋[7]兮乘陽，聊逍遙兮播光。

抽庫婁[8]兮酌醴，援[9]匏瓜兮接糧。

—————節錄〈九懷·思忠〉*

【註解】1.匏：音袍。
　　　　2.騖：音勿，疾速。
　　　　3.冥冥：遠遠不可測。
　　　　4.玄武步兮水母：玄武為水神，全句為水神
　　　　　沿途護送涉過水域。
　　　　5.期：約定。
　　　　6.南榮：南方草木常茂，故稱南榮。
　　　　7.華蓋：星宿名。
　　　　8.庫婁：星名，形似酌酒之器。
　　　　9.援：牽拉。

【另見】〈九歎·愍命〉：莞芎棄於澤洲兮，匏蠡蠹於筐簏。

【植物小檔案】
學名：*Lagenaria siceraria*
　　　 Standley
科別：瓜科

一年生草質藤本，莖密布腺狀黏毛。葉心狀卵形至腎狀卵形，長寬約10-35公分，不分裂或稍淺裂，葉緣處有齒牙。卷鬚與葉片對生，2叉。葉柄長，頂端有2腺體。單性花，雌雄同株，白色花單生，子房密生黏毛。瓠果梨形、葫蘆形、圓錐形等，果皮成熟後木質。原產於印度及非洲，現在世界各地廣為栽培。

自古以來，瓟瓜就是重要的栽培蔬菜，長期栽種後已培育出不同的品種。中文名稱就有多種：「瓟」的果實甘甜美味，外形較大，是一般的食用瓜，此品種嫩葉可以煮羹食用。「匏」的果實為短頭

大腹型，果味苦，葉亦苦，一般不供食用，而是等果實外皮硬化後，剖製為水瓢或當成盛物器。由於比重輕，古人常綁在身上渡河，作用就像今日的救生圈。《詩經》〈邶風〉：「匏有苦葉，濟有深涉」和〈九懷·思忠〉之「援瓟瓜兮接糧」，都是作為浮水用。前者抱匏瓜渡深水，後者則攜帶匏瓜到河裡接送糧食。另有一種果實為啞鈴形的品種，稱為「葫蘆」，其果實亦當器具使用。

匏瓜栽培甚早，為民間所習用，經常出現於詩文中，如曹植〈洛神賦〉有「歎匏瓜之無匹兮，詠牽牛之獨處」；阮瑀〈止慾賦〉：「傷匏瓜之無偶，悲織女之獨勤」。至於〈九歎·愍命〉「菀茅棄於澤洲兮，瓟蠡蠹於筐簏」，字面意思是指將香草茅蘘丟棄在小澤陸地上，又將有用的瓟具藏在篓筐之內，用以表達作者對忠奸不分及賢愚顛倒的不滿。

左上：瓟瓜品種很多，圖為內蒙古地區栽培的長形瓟瓜。
右下：狹頭大腹型的匏瓜品種，果實嫩時可食，果皮硬化後可製水瓢。

【枳

今名：枳殼[1]

麒麟奔於九皋[2]兮，熊羆[3]群而逸圉[4]。

折芳枝與瓊華[5]兮，樹[6]枳棘與薪柴。

　　　　　　　————節錄〈九歎・愍命〉*

【註解】1.枳殼：音只卻。
　　　　2.皋：澤。
　　　　3.羆：音皮，動物名，俗稱人熊。
　　　　4.逸圉：逸，逃出；圉，圈養動物的園子。
　　　　5.華：音義同花。
　　　　6.樹：種植。

【另見】〈九思・憫上〉：鵠竄兮枳棘，鵜集兮帷幄。

植物小檔案】
學名：*Poncirus trifoliata*（L.）
　　　　Raf.
科別：芸香科

落葉灌木或小喬木，小枝綠色，具銳尖刺，刺長達4-5公分。葉三出，稀單葉，互生或簇生短枝上，小葉革質至厚紙質，頂小葉橢圓形至倒卵形，長1.5-5公分，寬1-3公分，波狀細齒或全緣；葉柄兩側具窄翅。花單生或成對腋生；花瓣5，白色或背面淡紫色，有香氣。柑果球形，徑3-5公分，成熟時為黃色。原產於淮河流域。

枳殼又名枸橘或枳，果實味道酸苦，難以生食。全株具刺，在《楚辭》中，和棘（酸棗，見110頁）等有刺灌木並提，屬於負面意象的描述。〈九思‧憫上〉：「鵠竄兮枳棘，鵜集兮帷幄」，意思是說天鵝躲進枳殼和酸棗的灌木叢中，而鵜鶘這種水鳥卻在帳幕中享福，表達屈原生逢亂世、懷才不遇的感傷。

在分類上，枳殼屬只有枳殼一種植物，但是有大花型、小花型、大葉型、小葉型等不同品種。栽植目的是採集果實當作藥材用，每年農曆九、十月採成熟果曬乾，有寬腸胃之效，可祛痰、去濕及助消化。

植株耐修剪，枝條具棘刺，華中地區多栽培作為綠籬。春季開白花，花香濃郁，亦常栽植為庭園樹。此外，由於枳殼根系發達、耐乾旱及低溫，對土壤的適應性強，民間多栽培幼苗作為柑橘類的砧木，減低柑

橘類生長成本。枳殼雖然與柑橘類不同屬，但兩者可進行雜交，枳殼與柑橙雜交產生枳橙（Citranges），與葡萄柚雜交則產生枳柚（Citrumelos）。

右上：枳殼開白花，花有香氣，除作綠籬外，又常植為庭園樹。
左下：果實酸苦，僅能當作藥材使用

【射干

今名：射干

掘荃蕙₁與射干兮，耘藜藋₂與襄荷₃。

惜今世其何殊₄兮，遠近思而不同。

────────節錄〈九歎・愍命〉*

【註解】1.荃蕙：荃，菖蒲，見66頁；蕙，九層塔，見30頁。
　　　2.藜藋：藜，見200頁；藋，豆類，見202頁。
　　　3.襄荷：襄，音攘，讀為讓之第二聲。蘘荷，植物名，見148頁。
　　　4.殊：殊異，此處謂命運舛異。

【植物小檔案】
學名：*Belamcanda chinensis*（L.）
　　　DC.
科別：鳶尾科

多年生草本，高50-120公分，莖上部呈2-3回又狀分枝。根莖成結節狀，鮮黃色，生多數鬚根。葉排成二列，劍形、扁平，長20-60公分，寬2-4公分，常帶白粉，基部抱莖。繖房花序頂生，有2苞片；花被橘黃色，排成2輪，內輪3片較外輪3片略小，散生暗紅色斑點。雄蕊3，子房下位，3室。蒴果倒卵形至長橢圓形；種子黑色。產於江蘇。

古人形容射干的形態說「莖梗疏長如射人之長竿」，故名射干；又說「葉似蠻薑而狹長，橫張竦如翅羽狀」，因此又稱「烏翣」，這是以葉的形狀來命名。其花色艷麗，又名「鳳翼」。

射干自古即深富神祕色彩，《抱朴子》說：「千歲之射干，其根如坐人，長七尺，刺之有血。以其血塗足下，可步行水上不沒；以塗人鼻，入水為之開；以塗足耳，則隱形，欲觀之則拭去。」由於射干花色嬌豔且功效神奇，因此《楚辭》列為香草。

射干的藥效早在《神農本草經》就已記載，使用部分為塊根。古人相信將農曆三月三日採下的射干塊根陰乾後，藥效必好，這應為古代方術之言。《名醫別錄》警告：「久服令人虛……有小毒」；《本草綱目》也說；「射干性寒，多服瀉人」，所以《神農本草經》將之列為下品。

《荀子》〈勸學篇〉：「西方有木名曰射干，莖長四寸，生於高山之上。」此「射干」應為長在岩石裂縫的小樹，非本篇所述之草本射干。

左上：射干花色艷麗，又稱為「鳳翼」，可栽植為觀賞植物。
右下：射干的蒴果及種子，種子黑色具光澤。

今名：藜

掘荃蕙₁與射干₂兮，耘藜藿₃與襄荷₄。

惜今世其何殊₅兮，遠近思而不同。

—————節錄〈九歎·愍命〉＊

【註解】1.荃蕙：荃，菖蒲，見66頁；蕙，九層塔，見30頁。
　　　　2.射干：植物名，見198頁。
　　　　3.藿：音或，豆類，見202頁。
　　　　4.蘘荷：蘘，音攘，讀爲讓之第二聲。蘘荷，植物名，見148頁。
　　　　5.殊：殊異，此處謂命運舛異。

【植物小檔案】
學名：Chenopodium album L.
科別：藜科

一年生草本，莖有稜及紫紅色條紋，多分枝。葉互生，菱狀卵形至披針形，長3-6公分，寬2.5-5公分，先端急尖或鈍，基部楔形，葉背灰綠色，有粉粒。葉緣具不整齊鈍鋸齒，有時缺刻狀。花簇生成圓錐花序，花序有白粉；花小，黃綠色。胞果為宿存花被片所包，果皮薄。分布於歐洲、亞洲及其他舊世界，台灣全島亦可見之。

葉背常有灰白色粉，植株呈灰綠色，因此北方稱為「灰灰菜」或「灰條菜」。世界大部分地區均有分布，包括台灣，多生於路旁、田間、河岸、荒

地、鹽鹼地及海濱，是世界分布最廣的植物之一。由於生長速度極快，經常占據大面積群落，有時侵入農地。《楚辭》視為惡草。

其幼苗及嫩莖自古即採集供食用，至今仍是相當普遍的野菜。春季期間採收高10公分的嫩苗，以沸水燙後再用清水浸泡半日以去除苦澀味，炒食、涼拌、煮湯均可，北方人尤嗜食之。處理過的莖葉可陰乾貯存以備不時之需。不過切勿連續大量食用，現代醫學證明，食用藜之後若經日曬，會導致「藜日光過敏性皮膚發炎浮腫」。

藜屬（Chenopodium）許多植物，生態性質和形態均類似，如灰綠藜（C. glaucum L.）、小藜（C. sertium L.）、大葉藜（C. hybridum L.）等，民間通稱為藜，均可採集食用。《詩經》、《楚辭》及其他文獻所引之「藜」，可能為一類多種之植物。

左上：藜的植株呈灰綠色，幼苗及嫩莖可供食用，北方稱為「灰灰菜」或「灰條菜」。
右下：花在植株頂端形成圓錐花序。

【藿₁ 今名：赤小豆；赤豆；紅豆

掘荃蕙₂與射干₃兮，耘藜藿與襄荷₄。

惜今世其何殊₅兮，遠近思而不同。

　　　　　　　——節錄〈九歎・愍命〉＊

【註解】1.藿：音或。
　　　　2.荃蕙：荃，菖蒲，見66頁；蕙，九層塔，見30頁。
　　　　3.射干：香草名，見198頁。
　　　　4.襄荷：襄，音攘，讀爲讓之第二聲。襄荷，植物名，見148頁。
　　　　5.殊：殊異，此處謂命運舛異。

【植物小檔案】
學名：*Vigna angularis*（Willd）
　　　 Ohwi *et* Ohashi
科別：蝶形花科

一年生直立草本，高30-80公分，植株被疏長毛。三出葉，小葉卵形至菱狀卵形，長5-10公分，寬5-8公分，先端近圓形，全緣或三淺裂，兩面被疏毛。總狀花序短，著生5-6朵花，花黃色；花冠長約0.9公分；花梗極短，長0.6-0.8公分。莢果圓柱狀，長5-8公分，寬約0.5公分，光滑。種子通常呈暗紅色，長圓形，長0.5-0.6公分，寬0.4-0.5公分，兩端截平或近渾圓。各地均有栽培。

藿 為豆葉，泛指一切豆類的葉子。〈九歎・愍命〉中的「藿」，指的是豆類，而且是人工栽植的豆類，並非專指某一種植物，赤小豆僅是其中的一種。

　　赤小豆，通稱為「紅豆」，原產東亞溫帶，引進中國至少已有二千年以上。《神農本草經》、《圖經》等均有記載，是栽培歷史非常悠久的豆類。《楚辭》時代的楚地、華東地區，應已普遍栽植。「藿」所指的豆類也可能是大豆（*Glycine max* Merr.）。

　　赤小豆（紅豆）營養成分很高，自古即以製作甜食為主，如紅豆沙、紅豆湯等。作為醫藥使用，可治療水腫、腳氣、皮膚腫毒，也是良好的清熱解毒及利尿劑。此外，還衍生出許多怪誕的用法，如《雜五行書》記載：「正月旦，以麻子二七顆、赤小豆七枚，置井中。」據說可驅邪辟疫，遠離疾病。

　　歷來詠豆的詩詞也不少，如晉代陶淵明的〈歸園田居〉：「種豆南山下，草盛豆苗稀」；唐代貫休的〈春晚書山家屋壁〉：「山翁留我宿又宿，笑指西坡瓜豆熟」等。所言之「豆」極可能為赤小豆。

右上：赤小豆（紅豆）的花。
左下：赤小豆是古今常見的豆類之一，常用以製作甜食。

【甘棠

今名：杜梨

播₁規矩以背度₂兮，錯權衡₃而任意。

操繩墨而放棄兮，傾容幸₄而侍側。

甘棠枯於豐草兮，藜棘樹₅於中庭。

　　　　————節錄〈九歎・思古〉＊

【註解】1.播：放棄。
　　　　2.背度：背，違背；度，度量。
　　　　3.錯權衡：錯，音義同措，放置；權衡，稱重量之器具。
　　　　4.傾容幸：傾身接納讒諛之人。
　　　　5.樹：種植。

【植物小檔案】
學名：*Pyrus betulaefolia* Bunge
科別：薔薇科

落葉灌木或小喬木，枝上有棘刺，嫩枝被灰白色絨毛。葉互生，卵圓形至長卵狀圓形，長5-8公分，寬3公分，粗銳齒緣，葉柄長2-3公分，上有白色絨毛。6-15朵花聚成繖形狀花序，總花梗及花梗均被白色絨毛；花瓣白色：雄蕊20，花藥紫色。梨果近球形，徑0.5-1.0公分，褐色，有斑點。分布於華北、西北以及華中各省。

甘棠即棠梨或杜梨，本來只是野生梨樹的一種，「處處山林有之……樹似梨而小」，所結果實極小，不是好吃的水果。甘棠因《詩經》〈召南・甘棠〉

吟詠而成名，《楚辭》援引為香木，對比於藜（見200頁）、棘（酸棗，見110頁）等有刺雜木。

棠梨和杜梨是否為同一樹種有三種說法：鄭玄《詩經注》云：「北人謂之杜棠（梨），南人謂之棠梨」，南北稱法不同，此其一。《爾雅翼》云：「每梨有十餘子，唯一子生（棠）梨，餘者生杜（梨）」，此說謂同一株樹會生出棠梨與杜梨，此其二。又有以果肉顏色區分者：白色者為棠梨，紅色者為杜梨，此其三。杜梨果可食，花也可用以止飢，如楊慎《丹鉛錄》所說：「尹伯奇采檷花以濟飢」，「檷」即杜梨。

棠梨春季開白色花，夏秋季結褐色小果，是極佳的鳥餌食物，古代多種於庭園及宮庭中，例如唐代韓翃〈送客水路歸陝〉：「春橋楊柳應齊葉，古縣棠梨也作花」和崔顥〈渭城少年行〉：「棠梨宮中燕初至，葡萄館裡花正開」等。

左上：杜梨是野生梨的一種，枝葉都像梨樹，唯果實極小。
右下：杜梨春季開白色花，古人多種於庭園及宮庭內觀賞。

【菽

今名：刀豆

令尹₁兮謷謷₂，群司₃兮譨譨₄。

哀哉兮溷溷₅，上下兮同流。

菽藟₆兮蔓衍，芳藭₇兮挫枯。

朱紫兮雜亂，曾莫兮別₈諸。

――――節錄〈九思・怨上〉*

【註解】1.令尹：楚國掌政者。
　　　　2.謷謷：音敖，胡言亂語。
　　　　3.群司：眾官僚。
　　　　4.譨譨：音檽，多言貌。
　　　　5.溷溷：音骨，混亂貌。
　　　　6.藟：音壘，葛藟，見192頁。
　　　　7.藭：音消，白芷，見18頁。
　　　　8.別：區別。

【植物小檔案】
學名：*Canavalia gladiata*（Jacq.）
　　　DC.
科別：蝶形花科

纏繞性藤本。小葉3出，卵形，長8-15公分，寬8-12公分，先端漸尖，基部楔形。總狀花序具長梗，花集生花軸中部以上；花冠白色或粉紅色，長3-3.5公分，旗瓣頂端凹入。莢果帶狀，略彎曲，長20-30公分，寬4-6公分，縫線上有稜。種子橢圓形至長橢圓形，長約3.5公分，寬約2公分；種皮紅色或褐色；種臍線形。原產於熱帶及亞熱帶地區，華中、華南常見。

菽是豆類的總稱，有時專指大豆，如《詩經》〈大雅・生民〉之「蓺之荏菽，荏菽旆旆」；《爾雅》之「戎菽」、「荏菽」等。《楚辭》時代華中地區栽培的豆類可能為數不少，「菽」當非專指特別種類，刀豆僅為其一。

《酉陽雜俎》稱刀豆為「挾劍豆」，因其豆莢橫斜，長者近尺，如人挾劍一般。《救荒本草》記載：「刀豆處處有之，人家圍籬邊多種之。」可見自古分布就很普遍，主要供食用，豆莢嫩時可煮食；豆子成熟後，直接煮食或磨粉製作糕點；嫩苗幼葉也是古今常吃的蔬菜。刀豆不擇土宜，生長速度快，枝葉極易向四處蔓延，是重要的綠肥及覆蓋作物。刀豆也是藥用植物，可治療腎虛腰痛、百日咳、小兒疝氣等。

在華中地區生長的蔓狀豆類，還有豇豆〔*Viga unguiculata*（Linn.）Walp.〕、野大豆（*Glycine soja* S. et Z.）、扁豆〔*Lablab purpuveus*（Linn.）Sweet〕等，均可能是〈九思・怨上〉所引述的「菽」。

右上：刀豆和葛藟均屬於蔓藤類，會攀爬到其他植物上。
左下：刀豆的莢果形狀如刀，因此而得名。

【蘮蒘

今名：竊衣；
香根芹

貪枉兮黨比₂，貞良兮煢獨₃。

鵙鼠兮枳棘₄，鵜集兮帷幄₅。

蘮蒘兮青蔥，槀本₆兮萎落。

────節錄〈九思・憫上〉*

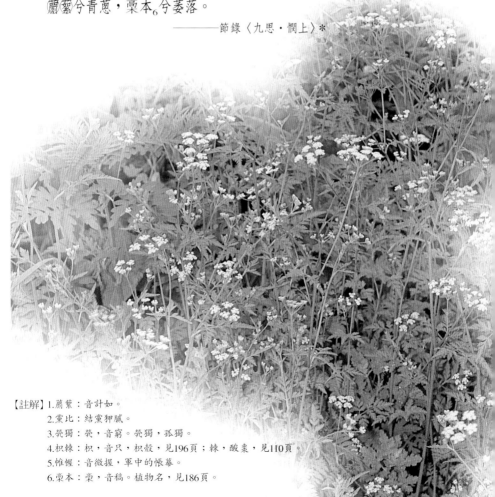

【註解】1.蘮蒘：音計如。

2.黨比：結黨狎膩。

3.煢獨：煢，音窮。煢獨，孤獨。

4.枳棘：枳，音只，枳殼，見196頁；棘，酸棗，見110頁。

5.帷幄：音微握，軍中的帳幕。

6.槀本：槀，音稿。植物名，見186頁。

【植物小檔案】
學名：*Osmorhiza aristata*
　　　（Thumb.）Makino *et* Yabe
科別：繖形花科

多年生草本，高40-60公分；根粗硬，有香氣，莖上部稍分枝，有白色柔毛。葉三角形或圓形，長9-20公分，二至三回三出式羽狀複葉，小葉三角狀卵形，有柄。複繖形花序2-3個，總花梗長；花白色。果線狀倒披針形，長約2公分，基部變細，連果梗均被有白色貼伏剛毛，無油管。分布於東北、華北、西北、華中、華東、朝鮮半島及日本。

據《爾雅》所說「蘮蒘」即今之竊衣。果梗有毛，果稜也有刺毛，常黏附在人的衣裳上，因此俗名「鬼麥」或「竊衣」。外形似水芹與胡蘿蔔，全株有香氣，又名香根芹或野胡蘿蔔。其「子大如麥」，上有絨毛且四處繁生，山坡、林下、溪邊、路旁草叢中均可見之，一般視爲雜草類。

竊衣外部形態類似藁本（見186頁），常常以假亂眞，區分不易，目前在某些地區仍有人將竊衣當作藁本藥材販售。〈九思·憫上〉此句原意爲雜草竊衣長得鬱鬱蔥蔥，而香草藁本卻枝葉凋零萎落，用以比喻奸佞小人朋比爲奸、結群成黨，忠良之士卻煢煢孤獨，處境艱難。

竊衣的幼葉嫩苗在荒年時也可當作荣蔬，《爾雅》說：「蘮蒘，竊衣，似水芹可食」；《太平御覽》也提到「江淮間食之」。植物體含多炔化合物，根莖含紫莖芹醚、茴香醚、茴香醛等，藥用部分爲根。每年八至九月採挖成熟植株的根部，去掉鬚根後洗淨、切片，再經曬乾即成備用藥材。藥理藥效與藁本接近，均用於治療感冒、頭痛、全身疼痛等病症。

左上：竊衣外部形態類似藁本，兩者經常混淆，不易區分。
右下：竊衣的果序。果實外的刺毛常黏附在衣裳上。

【榛

今名：華榛

川谷兮淵淵₁，山阜兮峉峉₂。

叢林兮崟崟₃，株榛兮岳岳₄。

霜雪兮漼溰₅，冰凍兮洛澤₆。

東西兮南北，罔所兮歸薄₇。

庇蔭兮枯樹，匍匐兮巖石。

――――節錄〈九思・憫上〉*

【註解】1.淵淵：深遠貌。
　　　2.峉峉：音落，山高大貌。
　　　3.崟崟：音銀，小山丘。
　　　4.岳岳：叢生貌。
　　　5.漼溰：音璀皚，霜雪積聚貌。
　　　6.洛澤：水枯竭。
　　　7.罔所兮歸薄：薄，近也。全句謂沒有一個地方可以歸依宿息。

【植物小檔案】
學名：*Corylus chinensis* Franch.
科別：樺木科

落葉喬木，小枝褐色，密被長柔毛及刺狀腺體；樹皮長條狀剝裂。葉橢圓形至寬卵形，長8-16公分，先端有短尾，基部心形，兩側明顯不對稱，葉緣不規則重鋸齒。葉柄長1-2公分，密生柔毛。堅果2-6個簇生，近球狀，長1-2公分，基部包以葉狀苞，苞片外密生短毛及腺狀毛，先端深裂。分布於雲南、四川等山坡森林中。

通常是落葉闊葉樹林的林下植物，適生於丘陵上部及乾燥地。〈九思・憫上〉所述之「叢林兮崟崟」是落葉樹叢林生長在小山丘上，下句「株榛兮岳岳」說的是散生在林中的榛樹單

株。《本草綱目》云：「榛樹低小如荊」，表示榛樹較其他高大喬木低小，植株基部常叢生枝條。

中國境內的榛木類有七種，分布範圍較廣的有榛（*Corylus heterophylla* Fisch）、滇榛（*C. yunanensis* A. Camus）、毛榛 （*C. madshurica* Maxim.）及華榛等，堅果都可食用。《楚辭》提及的「榛」最可能是華中也有分布的華榛。榛（*C. heterophylla*）雖原產於東北及華北，但在春秋戰國時代已在楚地栽培。另外，產於華中的絨毛榛〔*C. fargesii*（Franch.）Schneid.〕及毛榛等，都可能是本

篇所言之榛。

榛樹材質緻密，直幹者可製手杖及傘柄。木材心材及邊材淡紅白色，可供建築及製作器具。堅果外包有葉狀苞，但果實多空粒，即俗諺所云：「十榛九空」之意。種子含油豐富，還有蛋白質、脂肪、澱粉等，營養價值很高。

右上：榛木的果實數個簇生一處，堅果基部包以葉狀苞。
左下：榛木類的雄花在花軸上密生成柔荑狀花序。

【蕑

1今名：茸球薦草

菅2蕑分野莽，蘼葦3分仟眠4。

鹿蹊5分躘蹱6，貒貉7分蟫蟫8。

—————節錄〈九思・悼亂〉*

【註解】1.蕑，讀爲快之第三聲。
　　　2.菅：音堅，芒草，見132頁。
　　　3.蘼葦：蘼，音灌，荻，見106頁；葦，蘆葦，見108頁。
　　　4.眠：草木偃伏。
　　　5.蹊：小徑。
　　　6.躘蹱：音斷，禽獸所踏踐之處。
　　　7.貒貉：貒，讀爲團之第一聲，豬獾；貉，音何，形似狸的動物。
　　　8.蟫：音尋，相隨之貌。

【植物小檔案】
學名：*Scirpus asiaticus* Beetle
科別：莎草科

草本，生水邊。高1-2公尺，叢生，稈粗壯，堅硬，鈍三稜形，節間長。葉狹長，互生。寬0.5-1.5公分，質稍堅硬，葉鞘長3-10公分，常紅棕色。秋天開花，莖稍葉腋綴小穗，總狀，黃褐色，小穗常單生，且多數密生之花，鱗片膜質，銹色。小堅果倒卵形，長0.1公分，淡黃色，頂端具喙。產於東北、華中、華南等地之路旁、潮濕地、溪邊以及沼澤地。

按 《本草拾遺》說：「蒯草，苗似茅，可織草爲索。子亦堪食如粳米。」可知古稱「蒯草」的植物應爲藨草屬（*Scirpus*）的植物，而《楚辭》所言

之「蒯草」也包括分布於華東、華中的該屬植物，包括茸球藨草、廬山藨草（*S. lushanensis* Ohwi）、百球藨草（*S. rosthornii* Diels.）、藨草（*S. triquerter* L.）等。這些植物均生長於湖邊、水塘或溪邊水澤之中，屬於濕生植物，莖稈可以編織草席、繩索或蒲包；種子大多粒大可食，所有性狀都符合前述「蒯草」的描述。

〈九思・悼亂〉中的「菅」即芒草（見132頁），屬旱生高草類，葉細長且植株叢生，和水生的「蒯草」外形十分相似。本句用旱生和水生的高草來構成「野莽」，以景自況悲涼的心情。

藨草台灣中部亦產，稱爲「大甲草」，爲製作草席、草帽的主要材料，曾經爲該地區創造繁榮一時的製席產業。大甲草的瘦果（種子）很大，長度達0.2-0.3公分，饑荒時可採收供食。其性狀亦與《楚辭》的「蒯」符合。

左上：藨草類常生長在溪邊、池沼邊緣的潮濕地。
右下：藨草莖稈堅韌，可編製草席或置物籃。

【菫

₁今名：石龍芮

惟昊天兮昭靈，陽氣發兮清明。

風習習兮和煖₂，百草萌兮華榮。

菫荼₃茂兮扶疏，蘅芷₄凋兮瑩娛₅。

─────節錄〈九思・傷時〉＊

【註解】1.菫：音僅。
　　　　2.煖：音義同暖。
　　　　3.荼：音圖，苦菜，見120頁。
　　　　4.蘅芷：香草名，杜蘅與白芷，分別參見38頁與18頁。
　　　　5.瑩娛：音迎冥，蕭瑟貌。

【植物小檔案】
學名：*Ranunculus sceleratus* L.
科別：毛莨科

一年生草本。基生葉腎狀圓形，基部心形，3深裂，裂片不等2-3裂；莖生葉3全裂，裂片全緣；葉均光滑。聚繖花序，花小，萼片5；花瓣5，金黃色，雄蕊多數，花藥卵形；心皮多數。聚合果長圓形，長0.8-1.2公分，瘦果多數，緊密排列，倒卵形。分布範圍極廣，從東北至華南一帶。台灣之河谷及平原濕地均有生長。

董即《爾雅》所說的「苦董」，《本草綱目》進一步說明：「苦董一名石龍芮」。石龍芮為一種又苦又辣的野菜，又名「椒葵」。古籍形容這種植物：「苗作蔬食，味辛而滑」。〈九思・傷時〉董、荼（苦荼，見120頁）並提，《詩經》〈大雅・緜〉則

說「周原膴膴，董荼如飴」，二古籍中的「董」都是味苦之野菜，也就是石龍芮無疑。

石龍芮的古名，除苦董、椒葵外，還有《爾雅郭璞注》的「董葵」、《吳普本草》的「水董」及《救荒本草》的「胡椒菜」。這些名稱說明石龍芮生長的環境為水，味辛辣而苦。其辣味來自所含之原白頭翁素（Protoanemonin），加熱後可使之變成白頭翁素（Anemonin），辛辣味即消失。

「董」雖然味辛而苦，但《食療本草》認為董是「可食之菜，食之滑也」。《禮記》〈內則〉記述子媳

侍奉親長飲食時，說到：「棗、栗、飴、蜜以甘之」（以棗等作為甜食），「董、荁、粉榆……以滑之」（準備董等柔滑的食物，方便長輩吞食）。可見石龍芮也是古代重要的菜蔬。

右上：石龍芮又名「椒葵」，是一種又苦又辣的野菜。
左下：「董」有人解為董菜類（*Viola* spp.），但董菜味甘，和味道苦辣的苦董或椒葵有別。

【附錄：楚辭植物統計】

(表一)

篇章名	出現之植物（古名）	植物種類總數
離騷	江離、芷、蘭、木蘭、宿莽、申椒（椒）、菌桂、蕙、茝、荃、留夷、揭車、杜衡、菊、薜荔、胡、繩、芰、荷（芙蓉）、薋、菉、葹、茹、扶桑（若木）、葽茅、艾、蕭、椴、	28種
招魂	菅、蕙、蘭、芙蓉（荷）、芰、屏風、稻、稰（麥）、黃粱、柘、梓、蘋、白芷、楓	14種
九歌・湘夫人	白薠、蘋、薜（芷、藥）、蘭、荷、蓀、椒、桂、辛夷、薜荔、蕙、石蘭、杜衡、杜若	14種
九歌・山鬼	薜荔、女蘿、辛夷、桂、石蘭、杜衡、篁（竹）、三秀、葛、杜若、松、柏	12種
九歌・愍命	芫、芎、虇、枳、棘、荃、蕙、射干、藜、虆、蘘荷、椒	12種
九章・悲回風	蕙、茶、薺、蘭、茝、若、槭、若木、蓍、蘅、棘	11種
九歌・惜賢	蕙、江離、椒、杜若、芷、蘭、桂、荃、辛夷、薜荔、樕支	11種
九歌・怨思	楊、桑、榆、麋蕪、菌、若、蘽本、芷、蓬、澤寫	10種
七諫・怨世	蓬、艾、馬蘭、藥（芷）、杜衡、桂、蓼、菱、桑	9種
九歌・逢紛	椒、桂、蘭、蕙、衡、芷、芙蓉、菱、薜荔	9種
天問	莽、椉、桑、秬黍、莆、蘆、棘、薇、若木	9種
七諫・自悲	桂樹、肉桂（桂）、蘭、若、橘、柚、新夷、椒、楨	9種
九歌・湘君	薜荔、蕙、蓀、蘭、桂、芙蓉、杜若、木蘭	8種
九思・憫上	枳、棘、蘭（蘽）、蘽本、榛、蘭、若	7種
九歌・少司命	蘭、麋蕪、蓀、荷、蕙、艾	6種
九辯	梧、楸、蕙、粱、藻、荷	6種
大招	菰、苴蓴、蔷蕪、茝、蘭、桂樹	6種
九懷・匡機	蘭、芷、蕙、菌、桂、蓍	6種
九懷・尊嘉	蘭、江離、辛夷、蒲、芙蕖、浮萍	6種
九章・惜誦	木蘭、蕙、申椒、江離、菊	5種
九章・思美人	茝、宿莽、薵、薜荔、芙蓉	5種
七諫・初放	橘、柚、苦桃、竹、柏	5種
哀時命	檉、扶桑、萆荔、虇、蓬、	5種
九思・悼亂	茅、菅、蒯、蘆、葦	5種

(表二)

植物名稱	楚辭篇章	篇章數
白芷	離騷、九歌・湘夫人、九章・思美人、九章・悲回風、招魂、大招、七諫・沉江、七諫・怨世、九懷・匡機、九懷・危俊、九懷・亂曰、九歌・逢紛、九歌・怨思、九歌・惜賢、九歌・愍命、九思・遠遊、九思・怨上、九思・傷時	18篇
澤蘭	離騷、九歌・東皇太一、九歌・雲中君、九歌・湘君、九歌・湘夫人、九歌・少司命、九歌・禮魂、九章・悲回風、招魂、大招、七諫・沉江、九懷・尊嘉、九懷・蓄英、九懷・亂曰、九歌・逢紛、九歌・惜賢、九歌・遠遊、九思・憫上	18篇
九層塔（蕙，蕙草）	離騷、九歌・東皇太一、九歌・湘君、九歌・湘夫人、九歌・少司命、九章・惜誦、九章・惜往日、九章・悲回風、九辯、招魂、七諫・沉江、七諫・自悲、九懷・匡機、九懷・通路、九歌・怨思、九歌・惜賢、九歌・愍命	18篇
桂樹	九歌・山鬼、九歌・遠遊、大招、招隱士、七諫・怨世、七諫・自悲、九懷・匡機、九懷・株昭、九歌・惜賢、九歌・憂苦、九思・守志	11篇
花椒	離騷、九歌・東皇太一、九歌・湘夫人、九章・惜誦、九章・悲回風、七諫・自悲、九歌・逢紛、九歌・惜賢、九歌・愍命、九思・哀歲	10篇
荷	離騷、九歌・湘君、九歌・湘夫人、九歌・少司命、九歌・河伯、九章・思美人、九辯、招魂、九懷・尊嘉、九歌・逢紛	10篇
高良薑（杜若）	離騷、九歌・湘君、九歌・湘夫人、九歌・山鬼、九章・惜往日、九章・悲回風、七諫・自悲、九歌・怨思、九歌・惜賢、九思・憫上	9篇
芎藭	離騷、九歌・少司命、九章・惜誦、七諫・怨思、九懷・尊嘉、九歌・怨思、九歌・惜賢、九歌・愍命	8篇
肉桂	離騷、九歌・東皇太一、九歌・湘君、九歌・湘夫人、九歌・大司命、九歌・東君、九歌・逢紛	7篇
菖蒲（蓀、荃）	離騷、九歌・湘君、九歌・湘夫人、九歌・少司命、九章・抽思、九歌・惜賢、九歌・愍命	7篇
杜衡	離騷、九歌・湘夫人、九歌・山鬼、九章・悲回風、七諫・怨世、九歌・惜賢、九思・傷時	7篇
薜荔	離騷、九歌・湘君、九歌・湘夫人、九歌・山鬼、九章・思美人、九歌・逢紛、九思・憫上	7篇
木筆（辛夷）	九歌・湘夫人、九歌・山鬼、九章・涉江、七諫・自悲、九懷・尊嘉、九歌・惜賢	6篇
酸棗（棘）	天問、九章・悲回風、七諫・怨思、九歌・愍命、九歌・思古、九思・憫上	6篇
木蘭	離騷、九歌・湘君、九歌・湘夫人、九章・惜誦、九歌・憂苦	5篇
飛蓬	七諫・沉江、七諫・怨世、七諫・謬諫、哀時命、九歌・怨思	5篇

詩經與楚辭植物學名

＊為文學珍藏系列《詩經植物圖鑑》所錄之植物學名。
（＊）為同時出現在《詩經植物圖鑑》及《楚辭植物圖鑑》中的植物學名。

A

Achillea alpina L. 蓍草（＊）

Achyravthus bidentata BL. 牛膝＊

Aconitum carmichael Delox. 烏頭＊

Acorus calamus L. 菖蒲

Actinidia chinensis Plamch. var. *setosa* Li. 台灣羊桃＊

Actinidia chinensis Planch. 獼猴桃＊

Actinidia formosana Hay. 台灣獼猴桃＊

Actinidia latifolia（Gardn. & Champ.）Merr. 闊葉獼猴桃＊

Ailanthus altissima（Mill.）Swingle 臭椿＊

Ailanthus giraldii Dode 毛臭椿＊

Alisma canaliculatum A. Braun *et* Bouche. 窄葉澤瀉

Alisma orientale（Samuel.）Juz. 東方澤瀉

Alisma plantago-aquatica L. 澤瀉（＊）

Allium ramosum L. 野韭＊

Allium sativum L. 大蒜

Allium senescens L. 山韭＊

Allium tuberosum Rottler *ex* Sprengel 韭＊

Alpinia officinarum Hance 高良薑

Amelanchier sinica（Schneid.）Chun 唐棣＊

Anaphalis margaritacea（L.）Benth. *et* Hook. f. 山萩＊

Anaphalis morrisonicola Hay. 玉山抱莖籟簫＊

Anaphalis nepalensis Spreng. Hand.-Mazz. 尼泊爾籟簫＊

Anaphalis sinica Hance 籟簫＊

Angelica dahurica（Fisch. *ex* Hoffm.）Benth. *et* Hook. f. 白芷

Apium graveoleus（L.）var. *dulce* DC. 旱芹＊

Arigeron acer L. 飛蓬（＊）

Artemisia annua Linn. 黃花蒿（＊）

Artemisia argyi Levl. *et* Vant. 艾草（＊）

Artemisia capillris Thunb. 茵陳蒿（＊）

Artemisia carvifloia Buch.-Ham. *ex* Roxb 青蒿＊

Artemisia dubia Wall. *ex* Bess 牛尾蒿（＊）

Artemisia indica Willd. 野艾

Artemisia japonica Thunb. 牡蒿（＊）

Artemisia selengensis Turcz. *ex* Bess. 蔞蒿（＊）

Artemisia sieversiana Ehrhart *ex* Willd. 白蒿（＊）

Arthraxon hispidus（Thunb.）Makino. 藎草（＊）

Asarum forbesii Maxim. 杜蘅

Asarum heterotropoides Fr. Schmidt 細辛

Aster indicus L. 馬蘭＊

Astragalus sinicus L. 紫雲英＊

B-C

Basella alba L. 落葵＊

Beckmannia syzigachne（Steud.）Fernald. 菵草

Belamcanda chinensis（L.）DC. 射干

Betula albo-sinensis Burkill 紅樺＊

Betula dahurica Pall. 黑樺＊

Betula platyphylla Suk. 樺木＊

Boehmeria nivea（L.）Gaud. 苧麻＊

Brasenia schreberi Gmel. 蓴菜（＊）

Brassica rapa L. 蕪菁＊

Broussonetia papyrifera（L.）L'Herit. *ex* Vent. 構樹＊

Bulpeurum chinese DC. 柴胡

Calystegia pellita Ledeb. G. Don 藤長苗＊

Calystegia sepium（Linn.）Prodr. 旋花（＊）

Campsis grandiflora (Thunb.) Loisel. 凌霄花＊

Canavalia gladiata（Jacq.）DC. 刀豆

Cannabis sativa L. 大麻（＊）

Capsella bursa-pastoris（L.）Medic. 薺菜（＊）

Carex dispalata Boott. 薹草（＊）

Carthamus tinctorius L. 紅花

Castanea henryi（Skan）Rehd. *et* Wils. 錐栗（＊）

Castanea mollisima Blume 板栗（＊）

Castanea sequinii Dode 茅栗＊

Castanopsis carlesii（Hemsl.）Hay. 長尾栲＊

Castanopsis sclerophylla（Lindl.）Schott. 苦櫧＊

Catalpa bungei C. A. Mey. 楸樹（＊）

Catalpa fargesii Bureau 灰楸＊

Catalpa ovata Don 梓樹（＊）

Cayratia japonica（Thunb.）Gagnep. 烏斂莓＊

Chaemomeles cathayensis（Hemsl.）Schneid. 毛葉木瓜＊

Chaemomeles japonica（Thunb.）Lindl. 日本木瓜＊

Chaemomeles speciosa（Sweet.）Nakai. 貼梗海棠＊

Chaenomeles sinensis（Thouin）Koehne. 榠樝＊

Chamaecyparis formosensis Matsum. 紅檜＊

Chamaecyparis obtusa（S. *et* Z.）Endl. var. *formosana*（Hay.）Rehder 黃檜（台灣扁柏）＊

Chenopodium album L. 藜（＊）

Chenopodium giganteum D. Don 杖藜＊

Chenopodium glaucum L. 灰綠藜

Chenopodium hybirdum L. 大葉藜

Chenopodium sertium L. 小藜

Chrysanthemum morifolium Ramat. 菊

Cinnamomum cassia Presl. 肉桂

Citrus grandis（L.）Osbeck 柚

Citrus reticulata Blanco 橘

Cnidium monnieri（L.）Cusson 蛇床

Corylus chinensis Franch. 華榛(*)

Corylus fargesii（Franch.）Schneid. 絨毛榛

Corylus heterophylla Fisch. 榛(*)

Corylus madshurica Maxim. 毛榛

Corylus yunanensis A. Camus 滇榛

Cucumis melo L. 甜瓜*

Cudrania tricuspidata（Carr.）Bur. *ex* Lavallee 柘樹*

Cupressus funebris Endl. 柏木(*)

Curcuma aromatica Salisb. 薑黃*

Curcuma domestica Valet. 鬱金*

Cuscuta chinensis Lam. 菟絲子*

Cuscuta europaea L. 大菟絲*

Cuscuta japonica Choisy 日本菟絲子*

Cydonia oblonga Mill. 榲桲*

Cyperus rotundus Linn. 莎草(*)

D-G

Dendrobium candidum Wall. *ex* Lindl. 鐵皮石斛

Dendrobium nobile 金釵石斛

Dendrobium nobile Lindl. 石斛

Descurainia sophia（L.）Webb. *ex* Prantl 播娘蒿*

Dipsacus japonicus Miq. 續斷*

Erigeron acer L. 飛蓬(*)

Erigeron bonariensis L. 野茼蒿(*)

Erigeron canadensis L. 加拿大蓬(*)

Erigeron morrisonensis Hay. 玉山飛蓬*

Eulaliopsis bianata（Retz.）C. E. Hubb. 蓑草

Eupatorium chinense L. 華澤蘭(*)

Eupatorium fortunei Turcz. 佩蘭(*)

Eupatorium japonicum Thunb. 澤蘭(*)

Euscaphis japonica（Thunb.）Dippel 野鴉椿*

Fargesia fractiflexa Yi 掃把竹

Fargesia spathacea Franch. 華桔竹

Ficus pumila L. 薜荔

Firmiana simplex（L.）W.F. Wight. 梧桐(*)

Fritillaria cirrhosa D. Don 川貝母*

Fritillaria hupehensis Hsiao *et* tlsia 湖北貝母*

Fritillaria taipaiensis Li 秦貝母（太白貝母）*

Fritillaria thunbergii Miq. 浙貝母*

Ganoderma lucidum（Leyss. *ex* Fr.）Karst. 靈芝

Glycine max（L.）Merr. 大豆(*)

Glycine soja S. *et* Z. 野大豆

Glycyrrhiza uralensis Fischer 甘草*

H-K

Hemerocallis fulva（L.）L. 萱草*

Hemiptelea davidii Planch. 刺榆*

Hibiscus rosa-sinensis L. 扶桑

Hibiscus syriacus L. 木槿*

Hippuris vulgaris L. 杉葉藻(*)

Hordeum vulgare L. 大麥

Hovenia dulcis Thunb. 枳椇*

Idesia polycarpa Maxim. 山桐子*

Ilex aquifolium Linn. 冬青*

Ilex cornuta Lindl. 枸骨*

Illicium anssatium L. 日本莽草

Illicium lamceolatum A. C. Smith. 莽草

Imperata cylindrica（Linn.）Beauv. 白茅(*)

Indigofera tinctoria L. 木藍*

Juniperus chinensis L. 圓柏*

Kalimeris indicus（L.）Sch.-Bip 馬蘭

Kalimeris integrifolia Turcz. 全葉馬蘭

Kalimeris lautureana（Deby.）Kitam. 山馬蘭

Kalimeris shimadae（Kitam.）Kitam. 氈毛馬蘭

L

Lablab purpuveus（Linn.）Sweet 扁豆

Lagenaria siceraria Standley 匏瓜(*)

Lagenaria siceraria（Molina）Standly 葫蘆*

Lemna minor L. 浮萍

Leonurus sibiricus L. 益母草*

Ligusticum chuanxiong Hort 芎藭

Ligusticum jeholense Nakai *et* Kitag. 遼藁本

Ligusticum sinense Oliv. 藁本

Ligustrum lucidum Ait. 女貞

Liquidambar formosana Hance 楓香

Lithospermum erythrorrhizon Sieb. *et* Zucc. 紫草

Litsea coreana Levl. 鹿皮斑木薑子*

Lophatherum gracile Brongn 淡竹葉(*)

Lycium chinensis Mill. 枸杞*

Lysimachia clethroides Duby 珍珠菜

Lysimachia foenum-graecum 靈香草

M-N

Manglietia fordiana 木蓮

Magnolia liliflora Desr. 紫玉蘭

Magnolia denudata Desr. 玉蘭

Magnolia fargesii Cheng. 辛夷

Magnolia sprengerii Pamp. 湖北木蘭

Malva sinensis Cavan 錦葵*

Malva verticillata L. 冬葵(*)

Manglietia fordiana 木蓮

Manglietia fordiana（Hemsl.）Oliv. 木蘭

Marsilea quadrifolia L. 田字草(*)

Metaplexis japonica（Thunb.）Makino 蘿藦*

Miscanthus floridulus（Labill.）Warb. 五節芒

Miscanthus sinensis Anders. 芒草(*)

Morus alba L. 桑(*)

Morus mongolica Schneid. 蒙桑*

Musa basjoo Sieb. *et* Zucc. 芭蕉

Nelumbo nucifera Gaertn. 荷(*)

Nymphoides coreanum（Levl.）Hara 小莕菜*

Nymphoides peltatum（Gmel.）O. Kuntze 莕菜*

O

Ocimum basilicum L. 九層塔

Oenanthe javanica（Blume）DC. 水芹*

Oryza sativa L. 稻(*)

Osmanthus fragrans Lour. 桂花

Osmorhiza aristata（Thumb.）Makino *et* Yabe 竊衣

P-Q

Paeonia lactiflora Pall. 芍藥(*)

Panicum miliaceum L. 黍(*)

Paulownia catalpifolia Gong 楸葉泡桐*

Paulownia elongata Hu 蘭考泡桐*

Paulownia fortunei（Seem.）Hemsl. 泡桐*

Paulownia tomentosa（Thunb.）Steud. 毛泡桐*

Pennisetum alopecuroides（L.）Sprengel 狼尾草*

Pennisetum purpureum Schumach. 象草*

Phoebe zhennan Lee *et* Wei 楠木*

Phragmites communis（L.）Trin. 蘆葦(*)

Phragmites japonica Steud. 蔓葦*

Phyllostachys auren Carr. *ex* A 人面竹*

Phyllostachys bambusoides Sieb. *et* Zucc. 剛竹(*)

Phyllostachys glauca McClure 淡竹*

Phyllostachys nigra（Lodd. *ex* Lindl.）Munro 紫竹*

Phyllostachys pubescens Mazel 毛竹*

Phytolacca acinosa Roxb. 商陸*

Pieris japonica（Thunb.）D. Don *ex* G. Don 馬醉木

Pinus armandii French. 華山松*

Pinus bungeana Zucc. 白皮松*

Pinus densiflora S. *et*. Z 赤松*

Pinus massoniana Lamb. 馬尾松*

Pinus tabulaeformis Garr. 油松*

Plantago asiatica L. 車前草*

Plantago depressa Willd. 平車前*

Plantago major L. 大車前*

Pleioblastus amarus（Keng）Keng 苦竹*

Polygala japonica Houtt. 瓜子金*

Polygala tenuifolia Willd. 遠志*

Polygonum aviculare L. 萹蓄(*)

Polygonum hydropiper L. 水蓼(*)

Polygonum orientale L. 紅蓼*

Polygonum tictorium Lour. 蓼藍*

Poncirus trifoliata（L.）Raf. 枳殼

Populus cathayana Rehd. 青楊*

Populus hopeiensis Hu *et* Chow 河北楊*

Populus simonii Carr. 小葉楊*

Populus tomentosa Carr. 白楊(*)

Poslia japonica Hornst. 杜若

Prunns buergeriana Miq. 橉木*

Prunus davidiana（Carr.）Franch. 山桃*

Prunus japonica Thunb. 郁李*

Prunus mume Sieb. *et* Zucc. 梅*

Prunus persica（Linn.）Batsch. 桃*

Prunus salicina Lindl. 李*

Prunus spinulosa Zucc. 刺葉桂櫻

Prunus triloba Lindl. 榆葉梅*

Pteridium aquilinum（L.）Kuhn. var. *latiusculum*（Desv.）Underw. 蕨*

Pteroceltis tatarinowii Maxim. 青檀*

Pterocypsela indica（L.）Shih 苦薹菜*

Pueraria lobata（Willd.）Ohwi 葛藤(*)

Pyrus betulaefolia Bunge 杜梨(*)

Pyrus calleryana Dcne. 豆梨*

Quercus acutissima Carr. 麻櫟*

Quercus dentata Thunb. 槲樹*

Quercus mongolia F. & T. 蒙古櫟*

R

Ranunculus sceleratus L. 石龍芮(*)

Raphanus sativus L. 蘿蔔*

Rhamnus crenata S. *et* Z. 鈍齒鼠李*
Rhamnus davurica Pall. 鼠李*
Rhamnus globosa Bunge 圓葉鼠李*
Rhamnus maximovicziana J. Vass. 黑樺樹*
Rhus verniciflua Stockes 漆樹*
Rhynchosia volubilis Lour. 鹿藿*
Rosa banksiae Ait. 木香
Rubia cordifolia L. 茜草*
Rumex acetosa L. 酸模*
Rumex japonicus Houtt. 羊蹄*

S

Saccharum sinensis Roxb. 甘蔗
Salix babylonica L. 垂柳*
Salix integra Thunb. 杞柳*
Salix linearistipularis（Franch.）Hao 筐柳*
Salix matsudana Koidz. 旱柳*
Schoenoplectus triqueter（L.）Palla 大甲草(*)
Scirpus asiaticus Beetle 茸球藨草
Scirpus lushanensis Ohwi 廬山藨草
Scirpus rosthornii Diels. 百球藨草
Scirpus tabernaemontani Gmel. 莞*
Scirpus triangulates Roxb. 水毛花
Scirpus triquerter L. 藨草
Scirpus yagara Ohwi 荊三稜
Scutellaria baicalensis Georgi 黃芩*
Setaria italica（L.）Beauv. 小米(*)
Setaria viridis（L.）Beauv. 狗尾草*
Sinarundinaria nitida（Mitford）Nakai 箭竹
Sonchus oleraceus L. 苦菜(*)
Spiranthes sinensis（Pers.）Ames 綬草*
Strobilanthes cusia（Nees）Kuntze 馬藍*

T

Tamarix chinensis Lour. 檉柳*
Taxillus nigrans（Hance）Danser 毛葉桑寄生*
Taxillus sutchuenensis (Lecomte) Danser 桑寄生*
Thladiantha dubia Roem. 王瓜*
Thuja orientalis L. 側柏(*)
Tilia chinensis Maxim. 華椴*
Tilia mandshurica Rupr. *et* Maxim. 糠椴*
Tilia mongolia Maxim. 蒙椴*
Trapa bispinosa Roxb. 菱
Trapa maximowiczii Korsh. 細果野菱
Trapa quadrispinosa Roxb. 四角菱

Triarrhena sacchariflora（Maxim.）Nakai 荻(*)
Tribulus terrestris L. 蒺藜(*)
Trichosanthes kirilowii Maxim. 栝樓*
Triticum aestivum L. 麥(*)
Triticum aestivum Linn. 小麥*
Tussilago farfara L. 款冬
Typha latifolia L. 寬葉香蒲(*)
Typha orientalis Presl. 香蒲(*)

U-Z

Ulmus davidiana Planch. 黑榆
Ulmus marcrocarpa Hance 大果榆
Ulmus parvifolia Jacq. 榔榆
Ulmus pumila L. 榆樹(*)
Usnea diffracta Vain. 松蘿(*)
Usnea longissima Ach. 長松蘿(*)
Viburnum plicatum Thunb. f. *tomentosum*（Thunb.） Rehd. 蝴蝶戲珠花*
Vicia gigantea Bunge 大野豌豆(*)
Vicia hirsuta（Linn.）Gray 小巢菜(*)
Vicia sativa L. 大巢菜*
Vicia sepium Linn. 野豌豆(*)
Vicia tetrasperma（Linn.）Sch. 四籽野豌豆
Viga unguiculata（Linn.）Walp. 豇豆
Vigna angularis（Willd）Ohwi *et* Ohashi 赤小豆
Viola verecunda A. Gray 堇菜*
Vitex negundo L. 黃荊(*)
Vitex negundo L. var. *cannabifolia* 牡荊(*)
Vitex negundo L. var. *heterophylla* 荊條(*)
Vitis amurensis Rupr. 山葡萄*
Vitis ficifolia Bge. 桑葉葡萄*
Vitis flexuosa Thunb. 葛藟(*)
Vitis piaserkii Maxim. 變葉葡萄*
Vitis thunbergii S. *et* Z. 蘡薁*
Wisteria sinensis（Simg）Sweet. 紫藤*
Xanthium sibiricum Patrin. 蒼耳(*)
Xylosma congestum Merr. 柞木*
Zanthoxylum ailanthoides S. *et*. Z. 食茱萸
Zanthoxylum bungeanum Maxim. 花椒(*)
Zanthoxylum micranthus Hemsl. 刺花椒*
Zanthoxylum simulance Hance 野花椒*
Zingiber mioga（Thunb.）Rosc. 蘘荷
Zizania latifolia Turcz. 菰白
Ziziphus jujuba Mill. 棗*
Ziziphus jujuba Mill. var. *spinosa*（Bunge）Hu 酸棗(*)

{索引}　註：黑體字爲楚辭植物古名。

楚辭植物圖鑑

作者　潘富俊

攝影　潘富俊　呂勝由

主編　謝宜英

特約執行編輯　莊雪珠

美術設計　洪雪娥

封面設計　陳麗純

美術編輯　謝宜欣

精細插畫　柯倩玉　柯銘倫

編輯協力　朱麗萍　吳妙倫　王靖雯

校對　潘富俊　莊雪珠　謝宜英

行銷企畫　鄭麗玉　黃文慧　陳金德

出版　貓頭鷹出版

發行　城邦文化事業股份有限公司

台北市愛國東路100號　service@cite.com.tw

香港發行所　城邦(香港)出版集團

電話：852-25086231　傳眞：852-25789337

新馬發行所　城邦(新、馬)出版集團

電話：603-2060833　傳眞：603-2060633

印刷　成陽彩色製版印刷股份有限公司

初版　2002年2月

讀者服務專線：(02)2396-5698　傳眞：(02)2357-0954

郵撥帳號　18966004　城邦文化股份有限公司

定價　新台幣450元

ISBN　957-469-903-X

有著作權・翻印必究

國家圖書館出版品預行編目資料

楚辭植物圖鑑 / 潘富俊著；呂勝由攝影. --
初版. -- 臺北市：貓頭鷹初版 ： 城邦文化
發行, 2002〔民91〕
　面；　公分
含索引
ISBN 957-469-903-X(精裝)

1. 楚辭 -- 研究與考訂　2. 植物 -- 圖錄

832.18　　　　　　　　　　　90023107